Bianca

SOLO UNA NOCHE CONTIGO

Cathy Williams

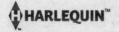

HARLEQUIN™

Editado por Harlequin Ibérica.
Una división de HarperCollins Ibérica, S.A.
Núñez de Balboa, 56
28001 Madrid

© 2018 Cathy Williams
© 2019 Harlequin Ibérica, una división de HarperCollins Ibérica, S.A.
Solo una noche contigo, n.º 2692 - 3.4.19
Título original: The Italian's One-Night Consequence
Publicada originalmente por Harlequin Enterprises, Ltd.

I.S.B.N.: 978-84-1307-725-3
Depósito legal:M-5547-2019
Impresión en CPI (Barcelona)
Fecha impresion para Argentina: 30.9.19
Distribuidor exclusivo para España: LOGISTA
Distribuidor para México: Distibuidora Intermex, S.A. de C.V.
Distribuidores para Argentina: Interior, DGP, S.A. Alvarado 2118.
Cap. Fed./Buenos Aires y Gran Buenos Aires, VACCARO HNOS.

MIXTO
Papel procedente de
fuentes responsables
FSC® C108412

Este libro ha sido impreso con papel procedente de fuentes certificadas según el estándar FSC, para asegurar una gestión
responsable de los bosques.

Capítulo 1

DESDE el asiento trasero de su coche, aparcado a una discreta distancia, Leo Conti se tomó un momento para contemplar el edificio que dominaba aquella calle arbolada de Dublín. Emplazamiento de lujo, tamaño perfecto, y con todos los signos de desgaste y decadencia que sugerían que aquellos grandes almacenes se aferraban a la vida apenas por un hilo.

Francamente las cosas no podían ir mejor.

Esos grandes almacenes eran los que su abuelo se había pasado toda la vida intentando comprar. Era la tienda que se le había escapado de las manos durante más de cincuenta años. A pesar de la vasta cartera de edificios que Benito Conti había logrado reunir, a pesar de los grandes centros comerciales que había abierto por todo el mundo, aquella tienda seguía siéndole esquiva.

Leo, criado por sus abuelos desde que tenía ocho años, nunca había podido entender por qué su abuelo no podía olvidarse sin más, pero tenía que reconocer que dejaba un sabor amargo en la boca el hecho de que una persona en quien confías te la juegue, lo cual hablaba alto y claro sobre la naturaleza de la confianza.

A lo largo de los años, Leo había presenciado los frustrantes intentos de su abuelo por comprarle a Tommaso Gallo aquellos grandes almacenes.

–Antes preferiría que se viniera abajo el edificio que vendérmelo a mí–refunfuñaba Benito–. ¡Condenado orgulloso! ¿Pues sabes qué te digo? Que cuando se venga abajo, y ten por seguro que se vendrá, porque Tommaso lleva décadas jugándose y bebiéndose su dinero, yo seré el primero que me ría de él. Ese hombre no tiene honor.

El honor era una emoción irracional que siempre conducía a complicaciones innecesarias.

–Búscate algo que hacer, James –le dijo a su chófer sin dejar de mirar el edificio–. Tómate una comida decente, en lugar de esa basura que te empeñas en zamparte. Te llamaré cuando quiera que te pases a recogerme.

–¿Tiene pensado comprar hoy el edificio, jefe?

La sombra de una sonrisa pasó por su cara y miró a su chófer por el retrovisor. James Cure, chófer, chico para todo y ratero rehabilitado, era una de las pocas personas a las que Leo le confiaría su vida.

–Lo que tengo pensado es –replicó abriendo ya la puerta, y dejando entrar una bocanada de aire tórrido en el coche– hacer un pequeño recorrido de incógnito para ver cuánto dinero puedo poner encima de la mesa. Por lo que veo, el viejo ha muerto dejando un saludable pasivo, y por lo que tengo entendido, el nuevo propietario, sea quien sea, querrá vender antes de que la palabra liquidación empiece a circular entre la comunidad empresarial.

Leo no tenía ni idea de quién era el propietario. De hecho, ni siquiera se habría enterado de que Tommaso Gallo había ido a reunirse con su Creador de no ser porque su abuelo lo había llamado a Hong Kong para que volviera e hiciera él la compra de la tienda antes de que fuese a parar a otras manos.

–Vamos, James, lárgate –sentenció, zanjando la conversación–. Y mientras te buscas una saludable ensalada para comer, mira a ver si encuentras alguna tienda de empeños y te deshaces de ese muestrario de joyería que te empeñas en llevar puesto –sonrió–. ¿Nadie te ha dicho que los medallones, los sellos y esas maromas de oro que llevas están pasados de moda?

James sonrió y elevó la mirada al cielo antes de marcharse.

Aun sonriendo, Leo se encaminó a las puertas giratorias, uniéndose al reducido número de compradores que entraban y salían del edificio, lo que lo decía todo sobre el estado de la tienda que debería estar abarrotada en una mañana como aquella, un sábado en pleno verano.

Cuatro plantas de cristal y cemento de cabeza al matadero. Mentalmente bajó el precio que tenía pensado ofrecer en un par de cientos de miles.

Su abuelo se iba a poner más contento que unas castañuelas. Para él habría sido lamentable tener que pagar una jugosa suma por un lugar que, en su opinión, debería pertenecerle desde hacía cincuenta años, si Tommaso Gallo hubiera hecho honor a su palabra.

Mientras caminaba hacia el directorio colocado

junto a las escaleras, Leo pensó en las historias sobre el legendario feudo que habían formado parte de su vida desde niño.

Dos amigos, ambos italianos, ambos con talento, y los dos decididos a hacer fortuna en Irlanda. Una tienda pequeña y arruinada en venta a precio de saldo, situada en unos metros de calle que tanto Tommaso como Benito sabían que adquiriría un gran valor en años venideros. La intensa deriva del crecimiento no había llegado aún a aquella parte de la ciudad, pero lo haría.

Podían haber tomado la decisión más razonable y haber entrado en el negocio juntos pero, en lugar de ello, habían lanzado una moneda al aire después de un número incontable de copas. El ganador se lo quedaba todo. Un apretón de manos entre nubes de alcohol había sellado la apuesta que acabaría con su amistad, porque Benito salió ganador limpiamente, pero quien fuera su amigo pujó por la propiedad a sus espaldas antes de que Benito hubiera tenido tiempo de organizar sus cuentas.

Resentido, Benito se había retirado a Londres donde, con el tiempo, acabó amasando una verdadera fortuna, pero nunca perdonó la traición de Tommaso, del mismo modo que nunca dejó de desear hacerse con aquella tienda que en realidad no necesitaba, porque tenía más que suficiente con lo suyo.

Leo sabía que podría haberse esforzado por apaciguar el deseo de su abuelo de tener algo que ya no importaba, pero quería mucho al viejo, y aunque no era partidario de que las emociones prevalecieran sobre el sentido común, tenía que admitir que de algún modo comprendía la necesidad de obtener cierta retribución tras semejante acto de traición.

Y por otro lado, desde un punto de vista meramente práctico, a él le vendría bien hacerse con aquel negocio. Dublín sería un excelente añadido a su propia cartera de empresas, ya bastante abultada. Había acordado con su abuelo que, una vez tuvieran la tienda en manos de la familia Conti, él podría hacer lo que quisiera con ella, siempre y cuando el apellido Conti reemplazase a Gallo y siempre y cuando su abuelo le dejase pagar la compra, porque de ningún modo estaba dispuesto a dejar aquel edificio como estaba, por icónica que hubiera sido la tienda en el pasado. Esa clase de sentimentalismo no iba con él. Y aquella propiedad era perfecta para poner el pie en Dublín.

Aparte de sus empresas de reciente creación, había adquirido una serie de compañías de software y tecnología, que había ubicado bajo un solo paraguas y que seguía dirigiendo mientras también se ocupaba de supervisar el imperio de Benito. Las salidas para el producto tan especializado con el que comerciaba eran limitadas: un grupo de élite de empresas, gigantes del sector médico, de arquitectura e ingeniería, eran las que utilizaban su consejo experto, de modo que aquel emplazamiento iba a ser perfecto para expandir su negocio en un nuevo mercado.

Miró a su alrededor, preguntándose qué decrépita zona de aquella tienda recibiría el primer golpe de picota cuando la vio.

Detrás de uno de los mostradores de cosmética, parecía tan fuera de lugar como un pescado en una librería. A pesar de estar rodeada por toda clase de pinturas de guerra expuestas en caros jarrones y brillantes expositores, parecía no ir maquillada. Examinando la colocación de unos tarros de un oscuro color burdeos y recolocándolos aunque no fuera necesario, era la viva imagen de la frescura natural y demoledora, y durante unos segundos, Leo contuvo el aliento mientras la miraba.

Su libido, que llevaba tres semanas sin haber sido puesta a prueba tras la ruptura con su última conquista provocada por un molesto runrún sobre permanencia y compromiso, cobró vida con entusiasmo.

Tan sorprendido se quedó que no fue consciente de que se había quedado mirándola como un adolescente con un calentón. Sin clase alguna. Sin parecer él mismo. Y además, sabiendo que aquella chica de piernas largas no era de las que salen en los pósters de las revistas, la clase de chica por la que nunca se habría sentido atraído.

Era alta y espigada, por lo poco que aquel uniforme barato dejaba entrever, y tenía esa clase de inocencia que siempre iba acompañada en su cabeza por un timbre de alarma. Tenía la piel inmaculada y con un brillo satinado color caramelo claro, como si se hubiera estado tostando al sol. Llevaba el pelo recogido, pero los pocos mechones que se le escapaban eran un punto más oscuro que su piel, una tonalidad café con leche con mechones rubio rojizo.

Y los ojos...

De pronto dejó lo que estaba haciendo y lo miró directamente a él. Tenía los ojos verdes, tan claros como un cristal lavado en la arena de la playa.

La atracción sexual, una lujuria tan descarnada como no la había sentido jamás, lo recorrió de la cabeza a los pies como un chute de adrenalina, y sintió una erección inmediata que le resultó incómoda y le obligó a cambiar de postura para aliviar la presión. Si seguía mirándolo así, y él continuaba imaginándose cómo sería tener su pene en esa boca de labios carnosos, la desesperación se iba a apoderar de él.

Echó a andar hacia ella con su instinto de cazador clavado en ella como una flecha. Nunca había deseado a una mujer con tanta urgencia, y no iba a pasar por alto ese deseo. En el sexo era un hombre que siempre había logrado lo que quería, y deseaba a aquella mujer con cada fibra de su ser.

Cuanto más se acercaba, mayor era su atractivo. Tenía unos ojos grandes en forma de almendra, con unas pestañas tan oscuras que parecían contradecir el color de su cabello. Sus labios entreabiertos eran sensuales y carnosos, aunque su expresión de cervatillo deslumbrado por las luces de un coche transmitía una deliciosa inocencia, y su cuerpo...

La desangelada y clínica bata blanca con cinturón que llevaba debería bastar para aplacar el ardor del más pintado, pero el efecto que tuvo sobre él fue el de ponerle la imaginación a mil, y se encontró preguntándose cómo serían sus pechos y cómo sabrían...

—¿Puedo ayudarlo?

El corazón le latía como un martillo, pero se enfrentó a la mirada de aquel desconocido con una pose educada.

El hombre ve a la chica. El hombre se siente atraído por la chica. El hombre se va como una flecha a por la chica porque solo tiene una cosa en mente, que es llevársela a la cama.

Maddie estaba acostumbrada a suscitar aquella respuesta en el sexo opuesto, y lo detestaba. Pero en aquel caso, lo que le resultaba irritante por encima de todo era el hecho de que aquel hombre en concreto había despertado en ella, aunque fuera solo durante unos segundos, otra intención distinta a la de cerrar con fuerza las persianas en cuanto percibía una situación de esa clase.

De hecho, por un instante, había sentido un cosquilleo entre las piernas, una especie de vibración, un calor que la había horrorizado.

–Interesante pregunta –respondió el hombre, colocándose directamente frente a ella.

–¿Busca maquillaje? Porque de ser así, está usted en el departamento equivocado. Puedo indicarle dónde encontrarlo.

A modo de respuesta, el hombre tomó en la mano un tarro de los que ella había estado colocando antes y lo examinó.

–Entonces, ¿qué es esto?

Maddie se lo quitó e hizo que la etiqueta quedase frente a él.

–Crema de noche regeneradora. Para mujeres alrededor de los sesenta –espetó–. ¿Le interesa?

–Ya lo creo que me interesa –respondió, en tono sugerente.

–Pues esto es todo lo que vendo, de modo que si no es lo que le interesa, seguramente debería buscarlo en otro sitio –sentenció, y se cruzó de brazos. Sabía que estaba sonrojándose, y también que su cuerpo la estaba traicionando. No era la primera vez que lo hacía, y aún llevaba las cicatrices de la última vez.

–Vayamos al grano –ronroneó, aceptando el desafío–. ¿Y quién dice que no esté... interesado en este carísimo tarro de crema para regalárselo a mi madre?

–Oh...

Volvió a sonrojarse. Había malinterpretado la situación.

Como siguiera así, no iba a llegar a ninguna parte, porque estaba claro que no tenía ni idea de vender. Era la primera vez en su vida que estaba detrás de un mostrador.

Volvió a preguntarse si estaría haciendo lo correcto. Tres semanas atrás había recibido la desconcertante noticia de que era la única heredera de un testamento en el que se le legaba unos grandes almacenes, una casa y varias cosas más, cortesía de un abuelo al que nunca había visto y cuya existencia desconocía.

Llevaba tiempo luchando por llegar a final de mes y llevando una existencia tan desastrosa que no sabía que fuera posible, y había empezado a preguntarse qué podía hacer, qué dirección podía tomar para borrar los dos últimos años de su vida, o al menos para ponerlos en perspectiva y ¡zas!, así, sin más, había recibido la respuesta.

Había llegado a Irlanda casi sin terminar de creerse

su buena suerte, con grandes planes que incluían vender la tienda, la casa y cuanto fuera vendible para poder invertirlo todo en el sueño que llevaba resistiéndosele tantos años: una educación universitaria.

Teniendo dinero en el banco, podría asistir a clases, una ambición que había tenido que abandonar cuando su madre cayó enferma. Podría zambullirse en las clases de arte que tanto deseaba sin el temor de encontrarse después pidiendo por las esquinas para pagarse el privilegio.

Iba a lograr ser alguien, y eso era mucho para ella, porque tenía la sensación de haberse pasado una buena parte de su vida tomando el rumbo que le marcaba el destino, dejándose llevar para aquí y para allá, sin un objetivo claro que la empujase a avanzar.

Pero después de ver la tienda y la casa que había heredado, ambos con un encanto innegable a pesar del hecho de estar casi en ruinas, había dejado sus planes de vender más rápido que un cohete que saliera de la tierra. La escuela de arte podía esperar, porque la tienda necesitaba su amor y su ayuda ya.

Anthony Grey, el abogado que había concertado una cita con ella con el propósito de enumerar uno a uno todos los inconvenientes de aferrarse a lo que, al parecer, era un negocio ruinoso y una casa que se sostenía solo por la hiedra que trepaba por sus muros, había hablado con ella durante más de tres horas. Ella lo había escuchado ladeando la cabeza para al final informarlo de que había decidido intentarlo.

Y para ello, lo primero y primordial era saber qué era lo que intentaba reflotar, y con ese fin se había puesto a trabajar en la planta baja: quería ver dónde

estaban las grietas y con suerte oír lo que el personal
más leal tenía que decir, unos trabajadores que se
temían que sus puestos de trabajo estuvieran en el
aire.

Un par de semanas de trabajo encubierto y podría
hacerse una idea. El optimismo no la había acompañado desde hacía mucho tiempo, y había venido disfrutando de su compañía... hasta aquel momento.

Se colocó una sonrisa en la cara y miró a aquel
hombre incluso demasiado guapo que la contemplaba con los más increíbles ojos azul marino que
había visto en su vida. Parecía rico e influyente, aunque llevase unos vaqueros viejos y un polo.

Había algo en su forma descuidada de pararse, en
el modo en que rezumaba confianza, en la fuerza la-
tente de su cuerpo... volvió a sentirlo. Sintió de
nuevo aquel temblor en la boca del estómago y el
cosquilleo entre las piernas, que apagó con determinación.

—Su madre... le va a encantar esta crema. Es un-
tuosa y suave, y matiza maravillosamente las arru-
gas.

—¿Está leyendo lo que pone en la etiqueta? —preguntó él, al verle fruncir el ceño.

—Lo siento, pero es que llevo aquí muy poco
tiempo.

—En ese caso, ¿no debería trabajar con usted un
supervisor que le enseñara cómo se mueven los hi-
los?

El hombre miró a su alrededor como si esperase
que otra persona se materializara allí delante. Estaba
disfrutando, desde luego. Aquel desconocido estaba

tan acostumbrado a que las mujeres revoloteasen a su alrededor que la experiencia nueva para él de que a una mujer le importase un comino quién pudiera ser, o cuánto sería su peso en oro, lo estaba poniendo nervioso.

El hombre apoyó las palmas de las manos sobre el mostrador de cristal, y Maddie retrocedió un poco.

–Negligencia –murmuró.

–¿Cómo dice?

–Tiene que decirle a su jefe que da mala impresión a los clientes que el personal de venta no sepa realmente de lo que habla.

–La mayoría de la gente de esta planta lleva años trabajando aquí –espetó–. Si quiere, puedo pedirle a alguien que lo ayude en su... su búsqueda de la crema perfecta para su madre.

–Voy a contarle un secretillo... mi madre murió cuando yo era un crío –dijo sin dejar de mirarla a los ojos–. En realidad, murieron los dos, mi madre y mi padre.

–Lo siento.

Maddie aún sentía la pérdida de su madre, pero había podido disfrutar de ella mucho más que aquel hombre. Su padre nunca había aparecido en la foto. Se había largado antes incluso de que ella aprendiera a caminar.

Su madre era una mujer fuerte, una persona bien plantada en el suelo que sabía defenderse. Incluso terca. Había tenido que abrirse paso en Australia cuidando al mismo tiempo de un bebé, rasgos que su abuelo debía tener también, aunque en realidad no pudiera saberlo a ciencia cierta. Su madre y él habían discutido y se habían dicho palabras duras que les habían conducido a una amarga separación. ¿Habría intentado volver a ponerse en contacto con su madre aquel abuelo al que ella no había conocido? Los padres solían perdonar más que los hijos.

Los ojos se le humedecieron y, dejándose llevar, sujetó la muñeca del hombre con la mano, pero la descarga eléctrica que sintió le hizo retirarla de inmediato.

—No es necesario —dijo él—. La invito a cenar.

—¿Perdón?

—Olvidémonos de la crema. Francamente no creo que todas sus bondades puedan ser ciertas. Pero la invito a cenar. Ponga usted el sitio y la hora...

—No piensa comprar nada en la tienda, ¿verdad? —su voz bajó varios grados de temperatura al reconocer a aquel hombre como otro ejemplo más de un tío que quería llevársela a la cama. Lo había calado desde el principio—. Y en cuanto a la cena... mi respuesta es no.

¿Cómo podía ser tan arrogante?, se preguntó, aunque era fácil saber por qué. El tío estaba para caerse de espaldas. Delgado, con facciones firmes, cabello oscuro y un poco largo, un cuerpo musculado que confirmaba las horas que debía pasar cuidándolo, aunque no parecía de esa clase de hombres que se pasan las horas delante de un espejo sacando músculo. Y sus ojos... unos ojos de mirada sexy y sensual que le hacía arder la piel y que se planteara cómo sería cenar con él.

Se obligó a conjurar la imagen del odioso recuerdo de su ex, Adam. Él también era guapo, además de encantador y carismático, y provenía de la clase de familia que se había pasado generaciones mirando desde las alturas a la gente como ella. Bueno, aquella experiencia al completo había sido una curva de aprendizaje para ella, y no estaba dispuesta a tirar por el desagüe todas esas lecciones aprendidas sucumbiendo al encanto de relumbrón del tío que tenía delante.

–¿Debería?

Maddie frunció el ceño.

–¿A qué se refiere?

–A si debería estar interesado por comprar algo aquí. Mire a su alrededor. Esta tienda está en la ruina. Me sorprende que tan siquiera haya contemplado la posibilidad de trabajar aquí. El trabajo debe estar hecho un asco en Dublín si ha tenido que contentarse con esto... además, es evidente que no ha recibido ningún curso de formación para este trabajo porque no debe haber dinero en la empresa para algo tan fundamental como la formación de su personal. Estoy seguro de que si me quedara un poco más, encontraría un montón de mercancía pasada de moda y de vendedores desmotivados.

–¿Quién es usted?

Tenía que estar pasando algo por alto, pensó, mirándolo fijamente.

Leo le sostuvo la mirada. Había pensado darse una vuelta de incógnito e iba a hacerlo así. Incluso aquella breve parada podía serle útil. Ella había rechazado su invitación para cenar, pero eso no era obstáculo para él. Las mujeres nunca le decían que no durante mucho tiempo.

Aunque... frunció el ceño. Aquella mujer no parecía encajar en el molde.

–Solo quería echar un vistazo. No suelo venir a esta parte del mundo con frecuencia y quería conocer esta tienda que parece que todo el mundo conoce –miró a su alrededor–. Pero no estoy particularmente impresionado.

Ella miró lo mismo que miraba él y no dijo nada, quizás porque estaba viendo los mismos signos de decadencia.

–Veo que está de acuerdo conmigo –añadió.

–Como he dicho, no llevo aquí mucho tiempo, pero si busca algo que comprar de recuerdo de la tienda, hay una excelente selección en el segundo piso. Tazas, bolsas, toda clase de cosas...

Leo contuvo un estremecimiento ante la imagen de cursilería que se le formó ante los ojos. ¿Es que aquel lugar se había quedado congelado en el tiempo, o es que el progreso había ido avanzando hacia otro lado a medida que Gallo se iba quedando sin dinero?

Se hizo una imagen de cómo sería aquel lugar bajo su dominio. Mostradores blanco brillante de última tecnología y espacios abiertos y despejados, espejos y cristal, ordenadores y accesorios esperando ser explorados... nada de aquella irritante música de ascensor y vendedores que supieran de qué hablaban.

–Si dispone usted de dinero para gastar, ofrecemos una línea de bolsos de piel que fabricamos nosotros mismos con los más elevados estándares de calidad. Son italianos, preciosos, y de una calidad extraordinaria.

–Por desgracia –respondió él, dejándose llevar fácilmente por la mentira–, mi economía no llegaría para poder comprar uno de esos bolsos de piel.

Ella asintió. No parecía de esa clase de hombres sin un céntimo que siempre elegían el camino equivocado y que habían entrado y salido de su vida, pero era un hecho que uno tan guapo podía conseguir que cualquier trapo pareciera de alta costura.

–Pero seguramente sí podría llegar para comprar una de esas bolsas de lona de las que me ha hablado...

–En la segunda planta.

–Lléveme.

–¿Ya estamos otra vez?

–Quiero que se lleve la comisión de lo que yo compre.

–Le voy a ser muy sincera. Si es otro intento de convencerme para que salga a cenar con usted, ya puede irse olvidando porque no voy a hacerlo.

Leo se preguntó si no cambiaría de opinión de saber quién era de verdad. La mayoría lo hacían, pensó con cinismo. Además, él estaba acostumbrado a conseguir lo que quería.

–Es usted muy arrogante, ¿no? –murmuró, y vio que se sonrojaba–. ¿Cree tener lo necesario para que un hombre siga llamando a una puerta que se le ha cerrado en las narices?

–¿Cómo se atreve?

–Se olvida de que soy el cliente, y el cliente siempre tiene la razón.

La sonrisa que le dedicó pretendía quitar filo a sus palabras y que se diera cuenta de que le estaba tomando el pelo.

–Eso está mejor –dijo, cuando pareció que su ira se disipaba, y consultó su reloj. El tiempo volaba–. Y ahora, ¿por qué no me enseña esa sección de recuerdos? –alzó las dos manos en señal de rendición–. Y puede respirar tranquila, que no habrá más invitaciones a cenar. Dice que es nueva aquí, ¿no? Pues así podrá practicar sus habilidades de vendedora conmigo. Estoy de paso, así que no tiene que temer que luego vaya hablando mal de usted a sus espaldas, diciendo que la chica nueva de la tienda no conoce los rudimentos del negocio.

Maddie bajó la mirada, pero hubiera querido sonreír.

Por el momento no había hecho amigos. Tardaría un tiempo en integrarse. Pero aquella interacción le parecía casi un soplo de aire fresco. Naturalmente no iba a ser tan tonta como para salir con un desconocido, pero estaría bien conocer su opinión sobre la tienda.

Respiró hondo antes de decir:

–Bueno, supongo que podré pedirle a alguien que me cubra durante un ratito.

Brian Walsh estaba a cargo de la tienda de manera temporal, y era el único que sabía quién era ella. Había trabajado en la tienda durante más de veinte años y estaba deseando ver cómo ocupaba de nuevo el lugar que le correspondía, de modo que estaba completamente de acuerdo con su plan de trabajar un tiempo como dependienta mientras elaboraba un plan para reflotarla.

–Mi...mi jefe está ahí. Voy a pedirle permiso.

–¿Su jefe?

–El señor Walsh. Si no le importa esperar un momento...

–Tengo todo el tiempo del mundo –respondió. Le pediría a James que se volviera al hotel.

–Enseguida vuelvo.

Capítulo 2

LEO PODRÍA haber aprovechado la oportunidad de preguntarle sobre su jefe, el hombre al que pronto tendría que exprimir, pero eso podía esperar. Su abuelo quería la tienda para ayer, pero hoy o mañana tendrían que valerle. Estaba convencido de que podría hacerse con ella, así que ¿qué tenía de malo dejarse distraer durante un rato?

Aquella mujer se movía como una bailarina, sin mirar a ningún lado, mientras caminaba llena de gracia por la tienda. De pronto cayó en la cuenta de que ni siquiera sabía su nombre.

—¿No debería llevar una plaquita con su nombre? —le preguntó en cuanto la tuvo delante y su perfume fresco y floral le llegó a la nariz—. Algo discreto, sujeto a ese precioso uniforme, para que sepa exactamente de quién quejarme si me vende alguna crema demasiado cara que le llene de granos la cara a mi novia.

—¿Tiene usted novia?

El interés que mostraba su voz le gustó.

—Porque —continuó rápidamente—, si la tiene, debería habérmelo dicho. Podría haberle aconsejado una línea completamente distinta de productos de belleza.

Era alta. Más alta que la media de las mujeres con las que solía salir.

–Pues, por desgracia, es una vacante que aún no ha sido cubierta –respondió–, pero por ahora, las cremas antiarrugas o antiedad no le servirían a ninguna de las mujeres con las que he salido en el pasado. Bueno, ¿cómo se llama?

–Madison –respondió, manteniendo la mirada al frente, muy profesional, mientras la escalera automática los llevaba al segundo piso, donde resultaba evidente que se había abandonado cualquier esfuerzo por conseguir una revitalización. Allí el decorado pedía a gritos una renovación y las vitrinas añoraban alguna transformación creativa y moderna.

–Madison...

–Pero todo el mundo me llama Maddie. Ya estamos.

Y echó a andar hacia el fondo de la tienda. Le sorprendía que las arañas no hubieran tendido sus telas entre toda aquella mercancía obsoleta, aunque tenía que reconocer que los vendedores que iban dejando atrás lucían todos brillantes sonrisas.

Llegaron a la exposición de recuerdos, todos con el logo Gallo y, sin prestar atención a lo que hacía, anduvo dándole vueltas a una bolsa de lona.

–No es usted irlandesa –dijo, colgándola en la percha, donde se quedó bamboleándose solitaria.

–No. Bueno, no exactamente.

Maddie lo miró y sintió que el estómago se le encogía.

Aun estando a una respetable distancia, tenía la sensación de que invadía su espacio personal. Era tan... grande... y su presencia era tan... intensa y sofocante. La curiosidad le ganó la partida y se preguntó quién sería y a qué se dedicaría.

¿Dónde viviría? ¿Por qué un hombre como él andaría dando vueltas un sábado por la mañana en una tienda como aquella?

Alarmada se aclaró la garganta, pero por alguna razón le resultaba imposible apartar la mirada de su hermoso rostro.

–Australia. Soy australiana.

–¿Y ha venido del otro lado del mundo para trabajar *aquí*?

–¿Es usted siempre tan... insolente, señor...? ¡Ni siquiera sé su nombre!

–¿Por si tiene que quejarse de mí a su jefe? Me llamo Leo. ¿Nos estrechamos la mano y hacemos la presentación formal?

Maddie se guardó las manos detrás de la espalda.

–Sé que hablo en nombre de mi jefe si le digo que siempre es útil escuchar críticas constructivas sobre la tienda, pero sus críticas son de todo menos constructivas, señor... señor...

–Leo.

–Tengo entendido que el propietario de la tienda falleció hace poco tiempo, y pienso que no se ha hecho mucho estos últimos años para modernizar la tienda. Tengo cierta experiencia en el mercado minorista –dijo ausente mientras seguía recorriendo con la mirada las estanterías y demás objetos que los rodeaban.

De pronto, sus ojos volvieron a encontrarse con los de ella y sonrió.

–Esto no es una invitación a cenar, pero veo que hay una cafetería en esta planta. Si le parece que puede resultarle útil, podría ofrecerle algunas perlas de sabiduría...

–¿Ha dirigido algún gran almacén?

Leo sonrió.

–Yo no lo expresaría de ese modo...

–Entiendo.

Maddie lo sabía todo sobre los trabajillos que se hacían para ganarse la vida, como también lo sabía todo sobre cómo, ante una persona atractiva, la gente maquillaba su historia. Ella misma no tenía aspecto de dedicarse a fregar suelos en un hospital a la afueras de Sídney. De haber sido otro su aspecto, su vida no habría acabado dando los giros y las vueltas desafortunadas que había dado.

Lo miró a los ojos y sonrió.

–Entiendo. Yo también he tenido un montón de trabajos menores en el pasado, y te digo sinceramente que esto es el paraíso.

–Estoy pensando que igual te metes en un lío por parar a tomar café conmigo.

–Podría ser.

El intenso antagonismo que había derrochado al pensar que andaba tras ella se había evaporado. Había conseguido que se sintiera a gusto, y Maddie no sabía si sentirse alarmada o contenta por ello ya que, desde lo de Adam, se había convertido en una costumbre para ella cambiar de acera cada vez que veía que un hombre se dirigía hacia ella. Además, los acontecimientos habían hecho que su vida social, ya escasa, pasara a ser cero. Los hombres habían sido el primer daño colateral de su experiencia con Adam, y los amigos habían ido a continuación, ya que su capacidad para confiar había quedado reducida a polvo.

¿Debería permitir que todas esas experiencias la siguieran hasta el otro lado del mundo?

–¿Cuánto tiempo te vas a quedar en esta preciosa ciudad? –le preguntó.

–Puede que ni siquiera una noche –respondió, volviendo a su plan original. Menos mal que tenía una gran capacidad de adaptación.

Por lo menos iba a conseguir ver todo lo que había que ver en aquella tienda. Solo le quedarían por abrir los armarios y tentar las paredes con los nudillos. Ya sabía lo suficiente para cerrar la espinosa cuestión de la cantidad que debía ofrecer y con cuánta rapidez debía proceder. Tenía la sensación de que el jefe estaba dispuesto a tirar la toalla, pero no era eso lo que le estaba haciendo sonreír en aquel momento.

–Estaría bien... eh... cenar contigo.

Maddie se sonrojó y bajó la mirada.

–¿Puedo preguntarte qué te ha hecho cambiar de opinión? Hace cinco minutos era el demonio encarnado por atreverme a sugerir tal cosa.

–Es que... –suspiró–. No llevo mucho en Irlanda, y sería... agradable tener compañía durante unas horas. Las últimas semanas las he pasado casi sola.

Con su físico, la soledad solo podía ser elegida, porque le bastaría con poner el pie fuera de su casa para encontrar compañía de inmediato.

Pero seguramente esa no sería la clase de compañía que ella buscaba. La clase de compañía que conllevaba ataduras. La clase de compañía que ella había dado por sentado que él le ofrecía y, francamente, había dado en el clavo.

No le sorprendía que su aspecto la hiciera desconfiar. En realidad se parecía bastante al efecto que la riqueza había producido en él: se había vuelto desconfiado y cínico con el sexo opuesto.

No buscaba compromiso, ni hacía declaraciones de amor. La falta de permanencia era un aliciente para él en su relación con las mujeres.

Quizás se hubiera aventurado en el matrimonio, con hijos, perro y casa en el campo, en su caso, varias casas en varios países, si la amarga experiencia no le hubiera mostrado el valor de mantenerse alejado de las relaciones.

Sus abuelos habían estado felizmente casados y sus padres, según le habían dicho, también. De hecho estaban en una especie de segunda luna de miel cuando un camión que iba demasiado deprisa para el mal tiempo de aquel día chocó con su pequeño Fiat y lo aplastó.

No tenía malos recuerdos de la infancia, ni sus padres se peleaban, ni tenía una madrastra malvada. El alcohol, las drogas o la infidelidad habían estado, afortunadamente, lejos de su vida. Su desconfianza emanaba de una fuente completamente distinta. En sus relaciones era siempre, sin excepción, meridianamente claro. Llamaba a las cosas por su nombre. Sexo y diversión. Nada de noches de acurrucarse delante de la tele, y menos conocer a los padres.

Era, eso sí, hombre de una sola mujer, y quien saliera con él lo tendría todo de su persona, aunque por un espacio de tiempo limitado.

Miró a Maddie en silencio.

—Dime dónde vives —le dijo—. Te recojo.

—¿Tienes coche?

—Tengo toda una flota —respondió, lo cual era absolutamente cierto—. Están todos en Londres, que es donde tengo mi ático, pero si me dices cuál prefieres, haré que me lo traigan a tiempo de ir a buscarte. ¿Qué prefieres? ¿Ferrari? ¿Range Rover? ¿BMW? ¿O quizás algo más clásico como Aston Martin?

Ella se echó a reír. Aquel hombre tenía sentido del humor y eso le gustaba. Hacía mucho que no se reía, pero en aquel momento se estaba riendo tanto que los ojos se le llenaron de lágrimas.

—Mejor nos encontramos en alguna parte —dijo, aún sonriendo—. Creo que hay restaurantes muy agradables y baratos.

—Te doy mi número. Escríbeme. Nos encontramos... ¿a qué hora? ¿A las siete? ¿A qué hora cierra esta tienda?

—A las siete está perfecto. Y ahora, tengo que irme.

—Una última cosa —añadió, serio—. No tengas miedo, que no voy a ser pesado.

Maddie se sonrojó y un pensamiento errante se le materializó: ¿qué tal sería que se pusiera pesado?

—Bien, porque tengo mucho entre manos ahora mismo y lo último que quiero es tener...

—¿Tener que quitarte a un pesado de encima?

—Iba a decir una relación.

Entonces fue Leo quien se echó a reír, y la miró con sus ojos del azul de medianoche.

—Créeme si te digo que las relaciones ni siquiera aparecen en mi agenda. Luego nos vemos, Maddie.

Y se marchó, dejándola inmóvil como una estatua a pesar de que, por dentro, estaba hecha un flan, como si acabara de bajarse de una peligrosa montaña rusa y aún no hubiera recuperado la estabilidad.

Se pasó el resto del día anticipando el momento de volver a verlo, aunque no era una cita lo que tenían. Era simplemente cenar con alguien que le hacía reír, cuando la alternativa era volver a encerrarse con la montaña de papeles que le había entregado el abogado y entre los que tenía que encontrar el mejor enfoque posible para la reunión que iba a tener en una semana con el banco con el fin de pedirle un crédito.

Tenía veinticuatro años. ¿Qué tenía de malo comportarse como alguien de su edad? No recordaba la última vez que se había sentido joven, y aquel desconocido alto, moreno y guapo, le había hecho sentirse joven.

Y lo mejor era que no se iba a quedar.

A las siete estaba delante de la puerta del restaurante italiano barato donde habían quedado, con los nervios que había conseguido mantener a raya durante el día de nuevo a todo tren.

Se pasó las manos por la camiseta. Nadie podía acusarla de haberse vestido para impresionar. Llevaba unos vaqueros desgastados, bailarinas azul marino y una camiseta que le quedaba un poco ajustada y más corta de lo que habría querido, por lo que dejaba al aire una franja de piel tostada. Como los vaqueros, estaba muy usada.

Durante un tiempo había flirteado con ropa de

diseño. A Adam le gustaba verla con prendas caras, y aunque fuera en contra de su voluntad, la había animado a que se pusiera la ropa que él le compraba: prendas caras de seda y tacones.

A él le encantaba que todas las miradas se posaran en ella cuando entraban en algún sitio, y ella le había complacido de mala gana, porque lo amaba y quería agradar. Cuando su relación se vino abajo, le envió en una caja todo aquello a su piso y volvió a la clase de ropa con la que siempre se había sentido cómoda.

Leo apreciaría su elección, ya que los dos eran ramas del mismo tronco. Confiada, empujó la puerta de la *trattoria* y miró a su alrededor. Preferiría haber llegado antes que él porque así tendría ocasión de tomar una copa que le calmase los nervios, pero al mismo tiempo, deseando que no fuera así porque llegar temprano sugeriría que estaba desesperada por tener compañía masculina, y más en concreto, la suya.

Leo, que estaba tomando una copa al fondo del restaurante, la vio de inmediato. ¿Cómo no hacerlo? Todo el restaurante la había visto al mismo tiempo. Todos los hombres, sin faltar uno, se habían vuelto. Las bocas se habían quedado abiertas. Siendo justos, ella no parecía haberse dado cuenta de nada mientras buscaba con la mirada intentando ver en la semioscuridad de la *trattoria*, llena de ruido y de gente.

En una sala abarrotada de gente pálida, su bronceado llamaba la atención tanto como su pelo, que le caía en ondas casi hasta la cintura. Leo se medio levantó y ella se dirigió hacia él, abriéndose paso entre la gente.

—¿Habías estado antes aquí? —preguntó, y ella

contestó que no con la cabeza–. ¿Crees que podremos mantener una conversación o deberíamos resignarnos a gritar?

–Es barato y alegre. Y tengo entendido que la comida es buena.

Se sentó en la silla e intentó no pensar en su belleza masculina. Acababa de convencerse de que no podía ser tan guapo como lo recordaba, pero lo era todavía más. Irradiaba un dinamismo que le hizo estremecerse, y el exótico color de su piel era un plus para el potente atractivo de su físico.

Rápidamente pidió una copa de vino para calmar los nervios, aunque el sentido común le decía que no había nada por lo que ponerse nerviosa.

Aquel hombre era el encanto personificado. Le habló de los muchos países que había visitado, lo cual tenía sentido, porque se trataba de alguien que vivía el presente y absorbía las aventuras que la vida quisiera ofrecerle, un rasgo que ella admiraba. Tenía una inteligencia despierta y analítica, y se encontró riéndose a carcajadas de algunas de sus anécdotas, casi sin hacer caso del antipasto que él había pedido para compartir.

–Te envidio –le dijo con sinceridad mientras les retiraban los platos, les servían más vino y ponían dos cuencos de pasta sobre la mesa–. Yo no he podido viajar. Me habría encantado hacerlo, pero mi madre y yo apenas llegábamos a fin de mes y nunca nos lo pudimos permitir. Supongo que es mucho más fácil cuando solo tienes que pensar en ti mismo, y siempre podrías ir buscando trabajos aquí y allá para pagarte los gastos.

–Siempre intento trabajar cuando estoy fuera –dijo, casi incómodo–. Cuéntame por qué has escapado de Australia.

El repentino cambio de conversación la pilló desprevenida y se tensó. Esa era su respuesta natural cada vez que pensaba en el pasado. ¿Qué pensaría aquel desconocido si le contara la verdad, toda la verdad?

Descubrió que no quería que pensara mal de ella.

–¿Quién dice que haya escapado? –respondió como despreocupada mientras enrollaba los espagueti con el tenedor.

Leo enarcó las cejas, se recostó en la silla y centró en ella toda su atención, lo que bastó para que Maddie enrojeciera.

Al apartar la mirada de sus ojos, se tropezó con sus fuertes antebrazos cubiertos de vello oscuro, y se preguntó cómo sería que la tocase con ellos, que sus manos exploraran su cuerpo. El corazón se le aceleró y se humedeció los labios, asustada por el modo en que su cuerpo insistía en que soltara las riendas y lo dejase correr a sus anchas.

–Bueno... es cuestión de analizar los hechos –contestó, y su voz le erizó la piel–. Estás al otro lado del mundo, sin amigos, y trabajando en algo que no serviría para dar un empujón a la carrera de una persona. No has mencionado que estés estudiando, de modo que supongo que no tiene que ver con eso, lo cual me conduce a pensar que huyes de algo. O de alguien. O de ambas cosas.

Maddie se rio, pero el color de sus mejillas se volvió más intenso.

–Mi madre falleció. Llevaba un tiempo cuidándola, pero fue inesperado. Cosa de mala suerte, en realidad. Se rompió una pierna, y la rotura resultó bastante compleja, pero aun así no tendría por qué haber ido mal –parpadeó rápidamente–. Por desgracia, tuvo que quedarse en el hospital mucho más de lo esperado y necesitó varias operaciones. Cada vez que parecía que ya estaba recuperada, algo se torcía y volvíamos a empezar.

–¿Cuántos años tenías tú cuando ocurrió todo eso?

–A punto de cumplir los veinte.

–Debió ser duro.

–A todo el mundo le pasan cosas –respondió. No quería admitir compasión porque ya estaba a punto de llorar, pero había compasión en lo más hondo de sus ojos azul marino y eso le resultó extraño, porque la primera impresión que le había dado era la de un hombre fuerte como el acero.

Algo en sus movimientos de depredador, la seguridad fría de sus ojos, la arrogancia que dibujaba sus facciones... pero también, desconfiando como lo hacía del sexo opuesto, sospechar que lo peor podía estar siempre a la vuelta de la esquina se había vuelto su forma de vida.

–A ti también –continuó–. A ti también han tenido que pasarte cosas duras, ¿no? O al menos habrás tenido un par de experiencias impresionantes. ¿No es parte de lo que significa ser un nómada? Un efecto secundario de llevar una vida de aventuras, ¿no?

Leo estaba disfrutando de ver cómo las mejillas se le teñían de rojo. Australia. De ahí el dorado de su piel. Por comparación, el resto de mujeres que había en el restaurante parecían pálidas y anémicas.

Se encogió de hombros.

–¿Hermanos? –preguntó, hábil como siempre para evitar compartir nada de sí mismo–. ¿Alguien que te apoyase con la enfermedad de tu madre?

–Solo yo.

En algún momento habían terminado la cena y se habían llevado los platos.

–Mi madre era de aquí, en realidad.

–¿Irlandesa?

–Pues sí.

¿Qué pensaría si le dijera que ella era la propietaria de la tienda que tanto había criticado un rato antes? No parecía persona que se asustase con facilidad, pero los hombres podían comportarse de un modo curioso cuando una mujer estaba por encima de él en asuntos económicos.

–Entonces has vuelto a la madre patria...

–Pensé que tendría sentido. Quería marcharme de Australia después de... después de todo...

Leo no dijo nada, pero la miraba fijamente.

El camarero se acercó para preguntarles si les había gustado la cena y ofrecerles algunos postres, pero los dos declinaron el ofrecimiento y pidieron la cuenta.

Maddie sacó varios billetes del monedero.

–¿Qué haces? –preguntó él, frunciendo el ceño.

–Pagar mi parte.

–Cuando salgo con una mujer, la cuenta la pago yo.

–Con esta mujer, no. Yo pago mi parte. No me gusta estar en deuda con nadie.

–El precio de una cena italiana barata no te pone en deuda conmigo –echó un puñado de monedas en la bandejita plateada que cubrían la cena y dejaban una generosa propina–. ¿Es que no has conocido a un hombre que sepa tratar a una mujer? –preguntó, levantándose.

Maddie pensó en su ex. A Adam le encantaba gastar dinero en ella: flores, dulces, comidas en restaurante caros... pero con todos los regalos habían llegado los intentos de control, la necesidad de transformarla en lo que él quería que fuera. Y bajo todo ello, su superioridad, su convencimiento de que, al convertirla en su muñeca, estaba reafirmando su ascendiente sobre ella, confirmando que era de su propiedad.

Pero ella seguía siendo la chica del lado oscuro, y eso era algo que no se podía sepultar bajo montones de regalos. Había aprendido bien la lección sobre el peligro que entrañaba pensar que alguien rico y con contactos podía ser otra cosa que no fuera condescendiente y manipulador.

–¿Me estás preguntando si nunca he conocido a un hombre que echase mano a su cartera para comprarme bonitas chucherías? –dejó con fuerza unos cuantos euros más sobre la mesa. El camarero se iba a poner muy contento con semejante propina–. Porque si es eso lo que me estás preguntando te diré que sí. Y conmigo no funcionó. Por eso prefiero las cosas sencillas y pagarme mis propios gastos.

Se levantó mientras Leo la miraba atentamente.

–Nada más lejos de mi intención que apartar a alguien de unos principios tan firmes –murmuró.

Salieron a la calle y echaron a andar en el fresco

aire de la noche veraniega sin tener ningún destino en particular.

Pero Maddie se sorprendió al comprobar que sus pasos se dirigían a la zona en que vivía su abuelo. Estaba a las afueras, y aunque el emplazamiento era magnífico, su casa no era tan grande como otras del mismo barrio y estaba necesitada de reparaciones.

El anciano, según le había dicho el abogado, había ido a menos con el paso de los años, una merma atribuible a lo perdido en los garitos de juego y en las botellas de whisky, una espiral de desesperación provocada quizás por la ausencia de su única hija. Fuera como fuese, a ella la había motivado para aceptar el desafío que se le presentaba.

A hurtadillas miró al hombre alto, estilizado y tan sexy que llevaba al lado y de pronto sintió vergüenza por haberse puesto como una fiera con él solo porque intentase ser un caballero, cuando seguramente no se lo podía permitir más que ella.

—Lo siento —se disculpó—. Es que has tocado un tema sensible.

Leo se detuvo y la miró, y Maddie sintió un escalofrío.

—Me voy a marchar —dijo, mirando la calle, tan abarrotada como cuando habían llegado. Al parecer, Nueva York no era la única ciudad que nunca duerme.

—Leo...

Lo deseaba. No sabía si porque estaba sola, o por la inesperada atracción que le había recordado que seguía siendo joven. Quizás la había ayudado a darse cuenta de que no podía permanecer prisionera de su pasado durante el resto de su vida.

O quizás era tan sexy que hacía imposible que ella se resistiera al impulso más primario. «Dos barcos que se cruzan en la noche», pensó.

–¿Quieres que te bese? –murmuró él sin tocarla.

–¡No!

Menos mal que estaban en un rincón más tranquilo de la calle.

–Entonces, tienes que dejar de mirarme así.

–¿Así cómo?

–Como si quisieras comerme... o como si quisieras que te comiera yo a ti.

–Leo...

–Los dos somos adultos, así que voy a serte sincero. Eres espectacular, y no recuerdo cuánto hace que no deseaba a una mujer. Quiero tocarte. Quiero saborearte entera. Pero lo mío no son las relaciones a largo plazo, y en este caso estamos hablando de algo de una sola noche. Una noche para recordar, pero al final solo eso, y si no te gusta la idea, entonces aléjate de mí, Maddie.

–Siempre he estado convencida de que nunca tendría un rollo de una sola noche –respondió, pero su cuerpo no estaba por la labor de secundarla, y mucho menos de marcharse. Parecía que hubiera echado raíces allí.

Leo se encogió de hombros sin dejar de mirarla.

No sabía qué hacer. Los rollos de una noche no eran lo suyo. Siendo bien joven había atraído ya la atención de los hombres, y en la mayor parte de los casos, la atención del otro sexo pasaba por alto lo más importante: conocerla, reconocer su inteligencia, ir más allá de la fachada.

Pero...

Pero, pero, pero...

–¿Quieres pasar a tomar un café? –se arriesgó.

–Tú me deseas, y yo te deseo –espetó. No iba a dejar que se escondiera tras la taza de café–. Acepto tu invitación, pero no me interesan los jueguecitos de un paso hacia delante y dos para atrás.

–A mí, tampoco.

Y acercándose a él, impelida por una osadía embriagadora, lo besó en los labios.

Capítulo 3

TRAS un paseo a ritmo vivo se alejaron del centro y acabaron en una avenida flanqueada por árboles y llena de mansiones.

–Yo no vivo en una de estas.

Maddie no lo miró, pero sabía que tenía la cara como un tomate. No estaba mintiendo, pero sí que los límites entre la mentira y la verdad habían sido muy difusos.

Se consoló pensando que lanzarse a una larga explicación sobre herencias y parientes lejanos no era pertinente, dado que no iban a permanecer el uno en la vida del otro más allá de aquella noche.

Lo cual cerró el círculo. ¿Qué estaba haciendo? ¿Un lío de una noche? Su madre, una mujer orgullosa, terca y tremendamente independiente, habría tenido un ataque si lo supiera, ya que le había insistido hasta la saciedad que tenía que elegir con mucho cuidado al entregar su cuerpo.

–Cometerás errores –le había dicho Lizzie Gallo–, pero lo importante es entrar en todas las relaciones pensando que puede ser la definitiva.

Aunque quizás su madre no habría terminado donde había terminado de haber tenido solo una aventura de una noche con su padre, en lugar de fugarse con él para que luego la dejase abandonada en cuanto se dio cuenta de que la fortuna del padre de Lizzie no les iba a llegar a ellos.

—Pero lo di todo —confesó su madre en una de las raras ocasiones de sinceridad, porque Lizzie Gallo no era de las que miran hacia atrás o se andan con lamentaciones—. Y para mí, eso es lo principal. Puedes meterte en la cama con alguien unas horas, pero créeme: luego no te sentirás genial cuando te levantes y tengas que recorrer el camino de la vergüenza para volver a casa.

La verdad es que el consejo no le había servido de mucho con Adam porque, en su relación con él, lo había dado todo. Había estado tan enamorada con la idea de estar enamorada que había pasado por alto todas las señales.

Pero aquella noche... aquella noche sabía exactamente dónde se estaba metiendo. Nada de fantasías adolescentes y ensoñaciones románticas sobre el Príncipe Azul, porque no iba a resultar que se convirtiera en sapo. Estaba con un hombre al que no le interesaba echar raíces y que había dejado bien claro lo que quería.

Las casas que iban dejando atrás ya eran más pequeñas y, al final de una calle elegante, tomaron el único camino de acceso que estaba descuidado.

—No es lo que esperaba.

Leo miró el edificio que debió ser encantador tiempo atrás pero que parecía haber sido olvidado por el tiempo.

—¿Qué te esperabas?

Maddie abrió la puerta principal y entraron en un recibidor viejo, pero que seguía teniendo las marcas de la casa que fue en otro tiempo: suelos de piedra, paragüero de madera antiguo, sólida barandilla y pintura ajada con grandes parches que habían dejado los cuadros de motivos lúgubres que había quitado.

–Algo un poco menos... imponente.

–¿Te molesta?

–¿Por qué iba a molestarme?

Se volvió a mirarlo y Leo no pudo contener el deseo de rozar la piel de sus mejillas. Deslizó un dedo por la línea de sus pómulos y luego trazó el contorno de su boca de labios carnosos. Ella se estremeció y él sonrió.

–No sé cómo haces lo que me haces –murmuró, bajando con el dedo hacia su camiseta y deteniéndose justo donde empezaba el escote–, pero lo único que quiero hacer en este momento es arrancarte la ropa y tomarte ahora mismo, aquí mismo.

La respiración se le paralizó e inconscientemente arqueó el cuerpo para que sus pechos pequeños quedaran más cerca de él a modo de abierta invitación.

Estaba claro que lo deseaba, tanto que era un dolor físico, y todo su cuerpo se estremeció al deslizar la mano bajo la camiseta y contener en ella su seno brevemente, antes de apartar el encaje del sujetador para poder sentir su piel y la dureza de su pezón.

Se acercó a ella y metió las dos manos bajo la camiseta sin dejar de mirarla, porque estaba absolutamente encantadora con aquel ardiente deseo que le brillaba en sus ojos verdes.

Acarició los pezones con la yema del pulgar y la oyó suspirar.

—¿Te gusta?

—No pares.

Si él no podía comprender de dónde había salido la reacción que estaba experimentando con ella, lo mismo podía decirse de Maddie. No necesitó que dijera ni una palabra más. Tiró de su camiseta con un único movimiento y durante unos segundos se quedó contemplando sus pechos perfectos, pequeños y con pezones sonrosados. Su erección era intensa, pesada y dolorosa, y tuvo que respirar hondo para controlar el fiero asalto de la lujuria.

Lentamente la empujó hacia la escalera y ella se agarró a la barandilla, los ojos cerrados, su hermoso cuerpo dispuesto para que él atendiera sus senos desnudos.

Y lo hizo.

Succionó un pezón endurecido, lamiéndolo y excitándolo con la lengua mientras preparaba el otro con la mano. Sus suaves gemidos le estaban haciendo toda clase de cosas a su cuerpo, pero por el momento no podía saciarse de ella.

Dejó un pezón palpitando para ocuparse del otro, succionándolo, lamiéndolo, atormentándolo.

Maddie fue a desabrocharle el botón de los vaqueros, pero él la detuvo.

Le habría gustado engañarse diciendo que controlaba la situación y quería tomarse su tiempo, pero tuvo que admitir que lo que no quería era que todo se acabara antes de haber comenzado, así que tenía que proteger su escaso control.

–¿Y el café? –le recordó, y Maddie parpadeó varias veces como si despertara, claramente desesperada porque siguiera acariciándola.

–¿Café? –repitió como si no entendiera, y Leo se echó a reír.

–No puedes ofrecerle a un hombre una taza de café y después retirar el ofrecimiento –respondió después de besarla tiernamente en los labios.

–Claro, claro.

Maddie sonrió y le rodeó el cuello con los brazos antes de volver a ponerse el sujetador y la camiseta mientras él miraba con avidez y luego lo besó despacio en la boca, despacio y con besos pequeños, antes de introducir la lengua.

–Eres una bruja –murmuró él.

En las garras de una situación que nunca podría haber previsto, Leo la siguió hasta el fondo de la casa y entraron en una cocina que, al igual que el resto de lo que había visto, necesitaba atención urgente.

–Cuéntame qué haces en una casa como esta –le preguntó mientras ella se ocupaba del café.

Maddie se quedó inmóvil apenas un instante.

–Un pariente me la ha prestado. No es mucho, pero me alegro de tener un techo sobre la cabeza, aunque tenga goteras cuando llueve. Deberías ver el corredor de la primera planta. Ya he aprendido dónde tengo que poner los cubos y los barreños –se volvió con las tazas en la mano–. ¿Te molesta?

–¿Por qué iba a molestarme?

–Bueno... podrías hacerte la idea de que soy una esnob por vivir en una casa como esta. Igual piensas que somos de mundos distintos, y no es el caso.

–Tanto si lo es como si no, da lo mismo ¿no? Estamos aquí para disfrutar, y no para analizar lo que el otro cree.

La siguió hasta un salón. Los sofás eran hondos y mullidos, pero había una cantidad poco común de mesitas auxiliares y la sensación de que aquel lugar estaba anclado en el tiempo. No sabía dónde viviría el pariente dueño de la casa, pero sinceramente esperaba que hubiera salido en una búsqueda urgente de nuevo mobiliario.

Dejó su taza en una de las numerosas mesitas y se sentó en el sofá que ella había elegido y, acomodándose contra uno de los brazos, la llamó con un dedo para que se acercase. Ella lo hizo, y Leo le dio la vuelta para que quedara recostada sobre él, con la espalda contra su cuerpo, aplastando su erección.

Si aquella casa fuera suya, pensó mientras recuperaba su taza, instalaría un espejo de suelo a techo en la pared de enfrente para una ocasión como aquella, y así podría disfrutar de ver su reflejo, de comprobar cómo iba cambiando su cara al tocarla.

Volvió a quitarle la camiseta, preguntándose por qué se habría molestado en ponérsela, y de nuevo cubrió sus pechos con las manos, jugando con ellos y excitándola poco a poco.

Percibiendo el suave perfume de su pelo, reparó en que su piel era dorada, pero algo menos en las zonas en las que la ropa le había protegido del sol, y en esa palidez sus pezones eran unos círculos de un rosa intenso. Sentía un tremendo deseo de volver a llevárselos a la boca, pero iba a esperar.

Menos mal que, por lo menos, no estaba a punto

de correrse como antes. Llevaba unos vaqueros de botones y comenzó a desabrochárselos hasta que pudo ver sus braguitas blancas.

–Quítatelos –le dijo–. Te los quitaría yo, pero tengo las manos ocupadas.

Maddie se quitó los pantalones, dejándose la ropa interior, y vio que quería darse la vuelta, pero él se lo impidió.

–Estoy sujeto solo por un hilo –le confió–, y como te des la vuelta, no sé qué va a ocurrir. Tus ojos me hacen algo raro...

Maddie se rio, y cuando su mano bajó por su abdomen, ella entreabrió las piernas y gimió de placer.

–Ojalá pudiera verte la cara –se lamentó Leo, y ella volvió a reír.

–Yo me alegro de que no puedas. Me daría vergüenza.

Él estaba acostumbrado a las mujeres que no se avergonzaban con facilidad, y menos aún entre las sábanas, y esa diferencia le resultó excitante.

Con suavidad metió la mano bajo sus braguitas blancas, sintió el contacto de su vello púbico y al hundir un dedo en su vagina, no pudo impedir que se le escapara un gemido de puro disfrute.

Encontró el punto que palpitaba allí y comenzó a jugar con él. Entonces fue ella la que gimió y abrió más las piernas.

Febril, Maddie se quitó las bragas. La sensación la estaba atravesando de parte a parte y se dio cuenta de que casi no podía respirar. Ver el movimiento de su mano era casi demasiado por el placer puro que se emanaba de ello y, olvidándose de sus últimas inhibiciones, se dejó llevar por lo que le estaba haciendo a su cuerpo. El ritmo de su caricia la estaba llevando más y más alto, su respiración era convulsiva, se movía contra su mano arqueando la espalda y moviendo las caderas, y entonces, al mismo tiempo que emitía un gemido hondo, se precipitó por el abismo con un orgasmo que se alargó y se alargó en una espiral de placer imposible de detener.

Se quedó recostada sobre él con los ojos cerrados un momento para, a continuación, volver flotando a la tierra y sentarse a horcajadas sobre él.

Era curioso que lo deseara todavía más, pero tendría que darle tiempo a su cuerpo para que se recuperara. Enlazó los dedos detrás de su nuca y sonrió.

–Ha sido... maravilloso –confesó.

Leo puso sus manos en la cintura. Casi podía rodearla con ellas, de lo delgada que era.

–También para mí.

–Lo siento. Ha sido egoísta por mi parte, pero no he podido contenerme.

–Yo no quería que lo hicieras. Vas a volver a correrte, pero la próxima vez yo voy a estar dentro de ti, y te voy a ver la cara en el momento en que ocurra.

Maddie se sonrojó porque nunca había tenido una conversación así, y el modo en que la miraba era tan excitante que casi podría volver a tener un orgasmo sin que la hubiera tocado siquiera.

Hundió la cara en su cuello y sintió una punzada, algo tan intenso y doloroso que estuvo a punto de separarse, una punzada de añoranza.

Apartó aquel sentimiento tan tonto y aquella vez

fue ella quien tocó y excitó. Lo desnudó y al contemplarlo quedó impactada por su tamaño, y al ordenarle que se tumbara en el sofá, Leo se rio.

—Creo que deberíamos subir a una cama –dijo en un momento mientras lo lamía, lo besaba y le hacía mil diabluras con la boca.

—¿Por qué? Este sofá está estupendo.

¿Sería porque un sofá sostenía de alguna manera la idea de una sola noche?

Maddie se perdió en la maravilla de su cuerpo glorioso. Era delgado y fuerte, y el vello oscuro de su pecho era como una declaración de masculinidad. Era un macho alfa hasta la médula. Y ella no podía saciarse de su cuerpo, no podía saciarse de él.

Aquella vez avanzaron a un ritmo que les permitió explorarse el uno al otro como si tuvieran todo el tiempo del mundo.

Donde antes habían estado sus dedos, estuvo después su boca. Se deleitó entre sus piernas hasta que ella prácticamente le rogó que la llevara hasta el final. Maddie también lo saboreó y él, agarrado a su pelo, la fue dirigiendo para que supiera lo que más le gustaba, aunque enseguida descubrió que parecía tener un sexto sentido para darle placer.

O puede que fuera que la novedad de aquella situación lo tenía tan excitado que hiciera lo que hiciese, lo tocara donde lo tocase, el efecto sería el mismo.

Leo quería esperar. Demonios, no tenía por qué ser un problema. Era todo un maestro del autocontrol en la cama, un hombre que sabía orquestar el sexo y el tempo a la perfección. Excepto aquella noche.

No podía esperar. Era incapaz de encontrar su autocontrol, o cualquier otra clase de control en realidad. No podía pensar. Simplemente tenía que hacerla suya antes de que pudiera romperse en mil pedazos.

La desconexión entre su cabeza y su cuerpo jamás había sido mayor, pero todo quedó olvidado cuando entró en ella y sintió cómo se arqueaba para recibirlo, moldeándose para encajarlo con la suavidad con que una mano entra en un guante hecho a la medida.

Su cuerpo estaba tan perfectamente sintonizado con el de él que hacer el amor con ella fue una experiencia indescriptible.

Su clímax fue el más intenso de cuantos había tenido, y solo remontó la ola cuando hubo terminado y su cuerpo estuvo agotado. Solo entonces le hizo darse la vuelta para que sus cuerpos desnudos se apretasen juntos.

—Maddie... —el autocontrol que se había quedado en la puerta de entrada se hizo presente—. No hemos... ¡mierda! —se pasó la mano por el pelo—. Nunca me había pasado esto, pero es que no hemos usado protección. ¿Tú tomas... no es una pregunta que debería tener que hacerte, pero tomas anticonceptivos?

Sus ojos de gata se clavaron en él.

—No. No tomo nada.

¿Cómo podía haber corrido semejante riesgo?

Pues por la misma razón que él: porque la lujuria había sido más potente que el sentido común. Sus cuerpos ardían, y no había registrado la necesidad de protegerse.

–No hay mucho que podamos hacer ahora... –suspiró, y el calor del cuerpo de Leo no tardó en dispersar todos sus pensamientos.

–Maddie... –comenzó. Aquello era sexo de una sola noche. Debería marcharse.

–Te deseo que tengas buen viaje a... a...

Rápidamente silenció la vocecilla que le sugirió que quizás hubiera algo más sobre la mesa que una sola noche y lo besó suavemente en los labios.

–A donde sea que te vayas ahora.

–A Londres. Desde aquí me voy a Londres.

–En ese caso, te deseo un buen viaje a Londres. Dile hola al Big Ben por mí –añadió, y deslizó un dedo haciendo dibujos sobre su pecho.

–Es posible... –contestó él sin pestañear–, igual podría quedarme en Dublín algunos días más.

Sí que podría. Investigar la tienda sobre el terreno, llenar los espacios vacíos. No haría daño a nadie. Y mientras se quedara, comer y beber con la mujer que había hecho temblar la tierra bajo sus pies. Comer y beber modestamente, claro, sin olvidar que ella pensaba que ambos moraban en el mismo paréntesis financiero.

La idea era verdaderamente atractiva. No estaba listo para etiquetar aquella embriagadora experiencia como sexo de una sola noche. Él estaba acostumbrado a tener siempre cuanto quería, incluidas las mujeres, pero la parte negativa era que su paladar estaba ya abotargado. Maddie, del otro confín del mundo, era como una dosis de oxígeno puro y revivificante.

Estaba claro que aquella sensación embriagadora

se marchitaría y moriría tras unas cuantas noches
dado que no tenían absolutamente nada en común, y
el sexo, a pesar de que había hecho temblar el planeta, era solo sexo, pero mientras tanto...

Volvió a desearla y la acercó. Cuanto más lo pensaba, más le apetecía la idea de hacer el vago un par
de días, de exprimir el tiempo.

–¿De verdad? ¿Te quedarías unos días?

Maddie sintió como si una nube en la que no había reparado se alzase de pronto para revelar un rayo
de sol insospechado.

–No hay nada más excitante que explorar una ciudad nueva.

–Estaría bien.

–A ver si conseguimos un poco más de entusiasmo
–la animó sonriendo.

Maddie dudó. Se había preparado para una aventura de una sola noche, tras la cual se despediría de
un desconocido que había llenado de alegría su vida
durante unas horas. Extenderlo a varias noches plan-
teaba algunos problemas, entre los cuales estaba el
hecho de que no había sido completamente sincera
con él.

–Vale –sonrió ella, acurrucándose en él, y sintió
que su erección se le clavaba de nuevo en el vientre–.
Me gustaría mucho que te quedaras, pero hay una
cosa que creo que tengo que decirte.

–No será que estás casada y tienes un marido ce-
loso escondido en un armario.

–¡Venga ya!

–¿Entonces?

La tumbó boca arriba y comenzó a empujar suavemente con la punta de su pene, acariciando con él su clítoris de tal modo que Maddie perdió el hilo de lo que quería decirle.

¿Que no tenían protección? No pasaba nada. Había mil formas de darse placer sin necesidad de penetración, y por la mañana ya irían en busca de una buena cantidad de preservativo.

—No soy del todo quien tú crees que soy. Quiero decir que conoces los detalles más generales, pero hay una cosita... ¿te acuerdas de la tienda?

—¿La tienda?

Leo empujó un poco más en su humedad, registrando solo a medias lo que le estaba diciendo porque su cuerpo le estaba indicando cuáles eran sus prioridades.

—Donde nos conocimos.

—Ah, esa tienda. ¿Qué pasa con ella?

—Pues que no soy vendedora.

—¿No? ¿Qué eres entonces? ¿Acompañadora?

Maddie se rió. Leo tenía un gran sentido del humor.

—Soy la dueña.

Leo se quedó inmóvil y se separó un poco para mirarla a la cara.

—¿La dueña?

La atmósfera había cambiado y Maddie se rio nerviosa.

—No importa. No es que me haya vuelto de repente una esnob total.

—Explícate, por favor. Soy todo oídos.

Bajó las piernas del sofá y comenzó a vestirse.

No intentó detenerlo. Si quería marcharse, que lo

hiciera. Pero tuvo la sensación de que un gran agujero negro se había abierto bajo sus pies.

–Mi abuelo era el dueño.

Estaba empezando a sentirse muy incómoda, además de en inferioridad de condiciones, porque ella seguía estando desnuda, así que comenzó también a vestirse.

Un minuto antes estaban tan pegados que podrían haber sido solo uno, y ahora cada uno ocupaba un lugar diferente en el salón, enfrentados como si fueran oponentes en un ring.

No tenía ni idea de qué o por qué había ocurrido, pero sus experiencias anteriores le habían enseñado que era sabio desarrollar un caparazón resistente, que en aquel momento se instaló en ella haciéndola erguirse y prestándole fuerza para mirarlo desafiante.

–Te escucho –dijo él.

–No lo conocí. Mi madre y él se distanciaron antes de que yo naciera y no se reconciliaron pero, cuando murió, me dejó la tienda y esta casa –hizo un gesto señalando el edificio–. Y algunas otras cosas. Siento no haber sido sincera contigo desde el principio, pero no le vi sentido empezar a contarte la historia de mi vida.

–No tenía ni idea...

La nieta de Tommaso. Esto lo cambiaba todo. Aunque no creía en las enemistades heredadas, y tampoco iba a tomar partido en una lucha en la que no había participado, algo se le revolvió dentro, un sentido de injusticia cometida contra su abuelo. ¿Era eso a lo que se referían con lo de que la sangre es más espesa que el agua?

Por otro lado, estaba decidido a comprar aquel edificio, pesara a quien pesase, y la mujer que tenía delante ya no era la amante que quería tener en su cama, sino su adversaria en un acuerdo que pretendía cerrar.

–Eso no cambia nada, creo yo –dijo ella, y se encogió al percibir el tono de ruego en su voz.

–Lo cambia todo –replicó él, encaminándose hacia la puerta.

–¿Que hayas descubierto que no soy pobre?

–No tardarás en saber por qué...

El orgullo la mantuvo donde estaba y ahogó las preguntas que se le agolpaban dentro, pero cuando oyó cerrarse la puerta, se hundió en el sofá.

Daba igual. ¡No significaba nada para ella! No iba a recriminarse por haber tomado la decisión de acostarse con él, y tampoco iba a perder tiempo preguntándose qué habría querido decir con sus últimas palabras.

Capítulo 4

TENÍA cientos de pasos que dar y por delante un camino largo y sinuoso para poder tan siquiera empezar a devolverle a la tienda que había heredado su antiguo esplendor. Pero, a pesar de que carecía de formación en gestión de empresas, descubrió que tenía un talento innato para el trabajo y empezó a disfrutar del proceso sencillo de planificar el modo de seguir adelante.

Si es que se podía calificar de sencillo escalar una montaña.

Los siguientes días estuvieron ocupados de tal modo por el trabajo que casi pudo olvidarse de su encuentro con Leo.

Casi.

En las tranquilas horas que pasó en la casa trabajando meticulosamente en cómo desmontar lo que después iba a tener que montar de nuevo, los pensamientos le invadieron como un intruso furtivo.

No lamentaba lo que había hecho, pero tuvo que preguntarse si no habría heredado de su madre algún gen que la empujase a elegir al hombre equivocado. Primero, Adam. Después, Leo.

Con la cuestión económica aclarada, gracias a que

el director del banco se había apiadado de ella y a que estaba tan deseoso como Maddie de ver que la tienda recuperaba el lugar que le correspondía como buque insignia del centro de la ciudad, quedaba otro obstáculo importante que superar.

—Hay un comprador esperando —le había dicho Anthony tres días antes—, y está dispuesto a iniciar las hostilidades para conseguir la tienda.

—Por encima de mi cadáver.

Había solicitado una hipoteca nueva sobre la casa, había vendido docenas de cuadros y artefactos valiosos que habían sido adquiridos cuando su abuelo disfrutaba de los buenos tiempos, y con ello había reunido el dinero suficiente para poder pedir el préstamo al banco, pero Anthony le había dicho que con una buena oferta sobre la mesa, le iba a costar trabajo no aconsejarle que vendiera.

Maddie nunca había sabido lo que era tener familia. Su madre no le había hablado de sus parientes, que en realidad se reducían a su padre, y siempre se había preguntado si quizás su abuelo no habría intentado ponerse en contacto con ella. ¿Quién podría decirlo? Su madre había muerto relativamente joven y quizás, de no haber sido así, habría acabado tragándose su orgullo y volviendo a Inglaterra.

Estar en la casa en la que su abuelo había vivido le había hecho cambiar la imagen que tenía de aquel hombre al que no había conocido. Se lo imaginaba como un amable caballero con el corazón tan grande como para legarle todas sus posesiones, un legado del que nadie iba a desposeerla porque la completaba, llenaba la línea de puntos de sus orígenes y le daba dirección y finalidad a una vida que siempre había estado llena de preguntas sin respuesta.

Todo ello no impedía que sintiera el estómago flotando en el aire cuando Anthony y ella entraron en el imponente edificio de cristal a las afueras de la ciudad en el que se iban a encontrar con los abogados del comprador.

–¿Dónde estamos? –preguntó al entrar.

Se había puesto su ropa más seria, comprada especialmente para la ocasión: traje de chaqueta gris, camisa blanca inmaculada y altos tacones negros que le darían ventaja sobre cualquier comprador hostil porque con ellos debía rondar el metro ochenta de estatura. También se había recogido su caótico cabello oscuro en un moño que le había costado la vida misma hacerse y que a punto había estado de hacerle llegar tarde.

–Estamos entre los sagrados muros de una de las empresas más influyentes del país –respondió Anthony, ajustándose la corbata–. Se dedican principalmente a la construcción, pero últimamente han diversificado entrando en electrónica y domótica.

–Impresionante.

–Es evidente que nuestro comprador tiene muchos contactos si le ha bastado con chasquear los dedos y conseguir que la reunión se celebre aquí. He investigado un poco y está forrado.

–Bueno, el dinero no lo es todo. A lo mejor pretende intimidarnos.

Y no iba a funcionar, pero su nerviosismo fue creciendo cuando los acompañaron por un corredor de mármol que rodeaba un impresionante jardín visible a través de grandes paneles de cristal.

Llegaron a una zona donde el cristal se volvía trans-
lúcido y, cuando su acompañante se hizo a un lado,
entraron en una sala muy iluminada.

«Cuantos hombres», fue su primer pensamiento,
todos ataviados en el obligatorio traje de chaqueta
gris marengo.

Todos menos uno.

Un hombre dominaba el espacio que lo rodeaba y
era más alto que todos los demás. No iba de traje,
sino con vaqueros negros y un polo negro de manga
corta que enviaba el mensaje de *me importa un comino lo que lleve puesto*.

Leo.

La esperaba, pero sintió algo al verla entrar, más
alta que el hombre que la acompañaba y tan preciosa
que todos los hombres de la sala quedaron en silencio.

Algo primitivo le hizo apretar los dientes.

Él la había tenido. Era suya.

Su mujer.

Pero en realidad no lo era. Era su oponente. Y
como tal, no podía perder el tiempo en nada más.

La examinó detenidamente. El traje que llevaba
no podía ser más aburrido, pero ni siquiera eso estaba impidiendo que su imaginación volara.

Mentalmente la desnudó. Se deshizo de aquel ho-
rrible traje y de la recatada camisa. Le quitó el sujetador y le bajó las bragas. ¿Por qué se habría recogido el pelo?

No había estado preparado para separarse de ella,

pero lo había hecho porque, para él, los negocios eran siempre lo primero. Siempre había sido así, y siempre lo sería, y no había una sola mujer en el mundo que pudiese alterar ese orden sagrado.

Pero se estaba excitando solo con mirarla y recordar cómo la había sentido debajo de él, tocándolo ella, invitándolo a tocarla por todas partes.

Semejante debilidad lo enrabietó, y rompió la conexión caminando directamente hacia ella.

¿Qué demonios estaba pasando?

Maddie sabía que no estaba dando la impresión de ser una mujer de negocios segura y con la situación controlada, sino más bien la de un pez fuera del agua boqueando para respirar.

—No entiendo...

Había pensado tanto en él que casi no se podía creer que lo tuviera delante.

Leo no dijo nada, y cuando lo hizo fue para pedirles a todos que se marcharan.

—Yo personalmente me ocuparé de esto –dijo–. Cuando la transacción se haya acordado, vosotros os ocuparéis de los papeles.

—Maddie... señorita Gallo...

Anthony se había acercado a ella con preocupación reflejada en la cara, y se encontró con la mirada glacial de Leo.

—Maddie va a estar completamente a salvo conmigo –dijo, dirigiéndose en un tono tal que Maddie apretó los dientes. Era tan... condescendiente.

—Un momento, eh...

—Leo. Sabes perfectamente cómo me llamo. Lo que no sabes es cómo me apellido. Conti.

–Eres... tú eres...

Su cerebro se movía a paso de tortuga. Sí, Conti era el apellido del hombre que quería arrebatárselo todo. Lo recordaba de las explicaciones que le había dado Anthony.

Los hombres trajeados estaban saliendo de la sala en silencio, y para cuando la puerta se cerró, estaba a punto de explotar.

–¡Me mentiste! –explotó, acercándose furiosa a la ventana para luego volver de tres zancadas ante él, con las manos en las caderas y echando fuego por los ojos.

Leo no se movió, y se enfrentó a su mirada sin tan siquiera pestañear.

–¿Ah, sí? –contestó, acercándose sin prisa ninguna a la mesa que había al fondo para servirse un vaso de agua.

–Me hiciste creer que eras... que eras... ¿qué hacías en la tienda? ¡No te molestes en contestarme! ¡Habías venido a echar un vistazo a lo que querías comprar!

–Me gusta ver en qué invierto mi dinero, sí.

–¡Me marcho!

Se dio la vuelta y, temblando de ira, caminó hasta la puerta.

Pero no llegó porque él la sujetó por el brazo.

Todo su cuerpo reaccionó como si le hubiera alcanzado una descarga eléctrica. Su cuerpo lo estaba recordando y eso la asustó.

–¿Cómo pudiste mentirme así?

–Deja de hacerte la mártir, Maddie, ¿o es que se te ha olvidado que tú no fuiste sincera sobre quién eras antes de que nos acostáramos?

–¡Eso es diferente!

–¿Ah, sí? ¿En qué?

–¡Pues porque pensaba que te ibas a asustar si te decía que era la dueña de la tienda!

–¡No me digas! Y si yo te hubiera dicho quién era, ¿habríamos acabado acostándonos?

–Entiendo muy bien lo que pasa aquí, Leo. Eres rico y poderoso, y tenías miedo de que una pobre dependienta llegara a creer que eras un candidato prometedor con el que liarse.

–¿Y tan lejos está eso de la realidad?

Maddie siguió mirándolo sin pestañear, demasiado enfadada para retroceder ni un centímetro, aun siendo consciente de que podría tener razón.

¡Pero eso daba igual! Lo que importaba era que no iba a lograr poner sus zarpas en la tienda que su abuelo le había dejado.

–¿Y bien?

–Si me conocieras un poco, sabrías que el hecho de que seas rico no habla precisamente en tu favor. Si me hubieras dicho desde el principio quién eras, ¡habría echado a correr de inmediato! ¡He tenido suficientes experiencias con ricos malcriados para llenar toda una vida!

Leo la miró frunciendo el ceño. Ya no le apretaba el brazo, pero tampoco la había soltado, y cuando sus miradas se quedaron enganchadas la una en la otra hubo un cambio en la atmósfera, que pasó de ser de ira rabiosa a sexual.

–No –le dijo Maddie.

–¿No, qué?

–No me mires así.

–¿Así cómo? ¿Como me estás mirando tú? ¿Como si en lo único que pudieras pensar es en que te bese?

De un tirón hizo que le soltase el brazo.

–¡Que te lo has creído! –replicó, pero tuvo que cruzarse de brazos para no temblar. Era tan grande, tan poderoso, y ella se sentía tan atraída hacia él que tuvo que hacer un esfuerzo consciente para no caer en su hipnótica presencia como un zombi bajo el hechizo de un mago.

–Ya te he dicho que no me van los tíos como tú.

¿Los tíos como él?

Que lo etiquetaran para meterlo en una categoría le ponía furioso, pero más aún que su propio cuerpo estuviese reaccionando ante ella como si fuera un adolescente muerto de hambre.

–Eso no es lo que decías la otra noche, cuando caíste en mis brazos como si no hubieras comido en una semana y te ofrecieran un banquete de cinco platos.

La erección que pugnaba por salir de sus vaqueros era ya dura como el acero y se vio obligado a darse la vuelta para intentar controlar su libido.

–Cometí un error con un hombre rico –respondió–. Salí con alguien que creía que tenía conciencia y moral, pero resultó que la gente rica no funciona así. La gente rica está por encima de la ley, y les importa un comino a quien tengan que pisar porque saben que jamás van a pagar el precio que deberían por lo que hacen.

–Me estás juzgando por alguien con quien salías y que... ¿qué fue lo que te hizo? ¿Te dejó plantada? ¿Se lio con tu mejor amiga?

–Ojalá. Adam White fue mucho más destructivo –respiró hondo para calmar sus emociones–, pero eso no importa. Lo que sí importa ahora es que no te voy a vender la tienda, y no me importa la cantidad de dinero que pongas encima de la mesa.

–Siéntate.

–Estoy perfectamente bien de pie.

–Olvidémonos de lo que pasó entre nosotros, Maddie. Lo que está en juego aquí no tiene nada que ver con que nos hayamos acostado juntos. Los dos somos adultos y ocurrió, y ninguno de los dos conocía la historia cuando nos metimos en la cama. O mejor dicho, cuando ocupamos el sofá de tu salón.

La evocadora imagen que habían conjurado sus palabras no sirvió precisamente para aplacar aquella atracción no deseada. Leo siguió hablando, pero tuvo que mirar hacia otro lado.

–No tiene sentido buscar culpables ahora. Dices que habrías corrido un kilómetro de haber sabido que era rico. Bien –se encogió de hombros–. Puede que yo no hablase de mi dinero porque he sufrido en mis propias carnes lo que es ser el objetivo de mujeres que solo tienen una cosa en la cabeza.

–¡Vamos, por favor!

–¿Crees que miento?

–¡No me digas que no sabes lo atractivo que eres, tengas o no muchos ceros en tu cuenta!

Leo sonrió despacio, y la atmósfera quedó cargada, y cuando Maddie se pasó la lengua por el labio superior, el gesto resultó tan sexy que Leo avanzó hacia ella.

Maddie no retrocedió. No podía, porque las pier-

nas se le habían vuelto de plomo. Casi gimió al tenerlo tan cerca, pero afortunadamente el orgullo acu-
dió en su ayuda.

–Duro, ¿eh? –dijo él cuando la vio respirar hondo,
y el timbre grave de su voz le provocó un escalofrío.

–No sé de qué me hablas.

Pero estaba fascinada por sus ojos y la belleza de
su rostro. Tenía unas pestañas increíbles, largas y
espesas. Un detalle más para guardar.

Apretó los puños e hizo un esfuerzo por recondu-
cir sus pensamientos.

–Sabes exactamente de qué estoy hablando, Maddie. De lo que están haciendo nuestros cuerpos en
este momento. No intentes fingir que no quieres que
te toque ahora mismo y aquí mismo, y al diablo con
las consecuencias –y de pronto dio un paso atrás–.
Pero eso no va a ocurrir. Los negocios antes que el
placer, me temo.

Sonrió, y su humillación fue completa.

¿Cómo se le habría ocurrido pasar por alto que
aquel hombre era el enemigo, otro rico que la había
mentido? Un hombre que quería apoderarse de lo
que era suyo y que estaba dispuesto a utilizar los
medios que considerase oportunos.

–Supongo –continuó él, acercándose a la ventana
para mirar a través del cristal antes de volverse a
ella–, que tu abogado, o tu contable o lo que sea ese
hombrecillo que ha venido contigo, te habrá expli-
cado la propuesta que hay sobre la mesa.

–No le he prestado demasiado interés porque no
estoy interesada en vender.

–Craso error. Deberías. Los sentimientos están

bien y son buenos, pero el dinero tiene la última palabra, y estoy dispuesto a poner todo el dinero que sea necesario sobre la mesa para conseguir lo que quiero. Y créeme si te digo que mis reservas son ilimitadas.

Había entrado en aquella tienda dispuesto a pagar la menor cantidad de dinero posible, pero estaba revisando su plan original porque ella era muy terca y porque, por razones que francamente lo tenían confuso, no iba a tumbarse boca arriba y hacerse la muerta porque él lo quisiera.

—Maddie, podrías llevar una vida de ensueño con el dinero que estoy dispuesto a ofrecerte. Francamente es más de lo que vale ese lugar, que por si no te has dado cuenta, te diré que se está cayendo a pedazos y ha perdido a sus clientes principales. Una temporada más así, y el castillo de naipes se vendrá abajo.

—He revisado las cuentas y tengo un plan de negocio para reflotar la tienda.

—Impresionante. No tenía ni idea de que tuvieses experiencia en rescatar negocios al borde de la quiebra.

—Para mí esto es más que un juego, Leo. No conocí a mi abuelo y, sin embargo, él puso su fe en mí para que transformase la tienda.

—La tienda que él dirigía está como está por su amor por la botella y las mesas de juego.

Maddie lo miró inmóvil. Si creía que iba a conseguir algo insultando a su abuelo, estaba equivocado. Sí, Tommaso Gallo bebía demasiado y se había jugado su fortuna, pero ella estaba convencida de que la pérdida de su única hija era lo que le había empujado. La tristeza podía tener ese efecto sobre las personas.

–¿Por qué estás tan interesado en conseguirla? ¿Por qué no puedes comprar otra cosa, en otro sitio? Es solo una tienda. Si tanto te llama la atención mi falta de experiencia en los negocios, dime: ¿cuánta experiencia tienes tú en venta al por menor?

Acababa de darse cuenta de que, en realidad, desconocía cómo se ganaba la vida o de dónde provenía su dinero.

Leo la miró pensativo un instante y comenzó a pasearse por la enorme sala de conferencias para al final dejarse caer en una de las sillas de cuero y girarla para quedar frente a ella.

–No la mantendría como tienda al por menor.

A pesar de los tacones que ella llevaba y de que, estando sentado, era muchísimo más alta que él, Leo no había perdido ni un ápice de dominancia. De hecho no sabría decir por qué, pero se sintió incómoda de pie, y ella también se sentó al otro extremo de la larga mesa.

–¿Qué harías con ella?

–Quiero tener un *pied-a-tèrre* en Dublín, y esta tienda está exactamente donde yo quiero estar, y su tamaño es exactamente el que yo busco. Tengo una cartera de empresas y seguiría siendo una tienda, pero dedicada en exclusiva a mi software, a los ordenadores adaptados de última tecnología y a estaciones de entrenamiento especializadas.

–¿Una tienda de electrónica?

Leo frunció el ceño.

–El mercado de la venta al por menor está saturado, Maddie. Son muchas las personas que compran de todo online. No vas a recibir una oferta mejor que la que yo estoy dispuesto a hacerte. Acéptala y no luches contra mí.

–¡Seguro que encontrarás otras tiendas que engullir!

–Tienes razones personales para querer quedarte tu elefante blanco, y yo tengo razones personales para querer arrebatártelo.

–¿De qué me estás hablando?

–No sabes mucho del bueno de Tommaso, ¿verdad?

–¿Conociste a mi abuelo? –preguntó, confusa–. ¿Cuántos años tienes?

Leo sonrió.

–No tengo ochenta años, ni me he hecho la cirugía estética.

–Ya lo sé.

–Y no, para contestar a tu primera pregunta. No lo conocí.

–Entonces, ¿cómo...? No entiendo nada.

–Mi abuelo y Tommaso eran amigos hace mucho tiempo. ¿Nunca te contó tu madre qué pasó entre ellos?

–No.

–¿Ni una palabra?

–Creo que esa era una parte de su vida de la que quería huir, y cuando abandonaba algo, nunca volvía la mirada atrás. Sé que discutió con su padre por la elección de pareja que hizo y decidió exiliarse en el otro extremo del mundo pero, aparte de eso, en rea-

lidad no sé nada de ninguno de mis abuelos. Ni de
sus amigos.

–Bueno, pues mi abuelo y él fueron muy buenos
amigos hace mucho tiempo. De hecho, llegaron a
Irlanda buscando lo mismo: fortuna.

–¿Cómo se llamaba tu abuelo?

–Benito. Benito y Tommaso. Dos amigos unidos
como ladrones hasta que una simple apuesta rompió
su amistad.

–¿Una apuesta?

–Sobre una tienda pequeña. Una moneda al aire.
Mi abuelo ganó.

–Pero...

–Lo sé –cortó–. Te estás preguntando cómo puede
ser que Tommaso terminara con una de las tiendas
icono de Dublín si perdió la apuesta. Te lo explicaré.
Tu abuelo traicionó a Benito. Mientras el mío estaba
pensando qué hacer con la tienda, el tuyo se fue al
banco, pidió un crédito y cerró el trato en tiempo
récord. Luego levantó las manos como si se rindiera
para aceptar el castigo sabiendo que ya tenía lo que
quería. Así que, ya ves, tú tienes tus razones para
intentar conservarla y yo tengo las mías para que la
sueltes. Mi abuelo lleva décadas queriendo esa
tienda. Es casi su último deseo. Nunca ha dejado de
intentar conseguirla, y yo quiero asegurarme de que
la consigue antes de morir.

Técnicamente la tienda no era lo único que aún
deseaba su abuelo. Oír los piececitos de un bisnieto
correteando por ahí también ocupaba un lugar prio-
ritario en la lista de deseos del anciano, pero eso era
algo que no iba a ocurrir.

No era un hombre dado a la introspección, y menos aún a darle vueltas a un pasado que quería olvidar, pero de pronto recordó la única catástrofe que le había proporcionado la curva de aprendizaje más valiosa que había tenido jamás. Nada que ver con lo que un influyente agente de Bolsa le pudiera decir a otro. No. Su curva de aprendizaje se la había proporcionado una mujer.

Tenía veintitrés años y estaba convencido de que sabía todo lo que había que saber de las mujeres. Ella tenía diez años más, y lo que sabía aún no había quedado registrado en su radar. Era sexy, desenfadada y le hizo esforzarse. Le hizo caminar hasta el altar y meterse en un matrimonio que había terminado antes de que la tinta con que se había escrito el certificado hubiera tenido tiempo de secar.

La mujer enigmática, sexy y fascinante era una cazafortunas que sabía qué teclas tocar en un joven rico con exceso de confianza en sí mismo y un poco cínico y, dos años después, renunciaba a la alianza a cambio de seguridad económica para el resto de su vida.

—No te creo —espetó ella, mirándolo desafiante—. El mundo no necesita otra tienda de electrónica. La tienda de mi abuelo forma parte de la historia de esta ciudad y nunca, escúchame bien, nunca la voy a vender, ni a ti ni a nadie. Y me da igual la cantidad de dinero que me pongas encima de la mesa.

Estaba tan furiosa que casi no podía respirar. Furiosa porque hubiera intentado destruir la imagen que tenía de su abuelo, aunque claro, estaría dispuesto a hacer cualquier cosa por lograr su objetivo.

Furiosa porque él ni siquiera hubiera pestañeado con todo lo que le había dicho. Y furiosa porque siguiera teniendo aquel efecto estúpido en ella aunque lo detestara.

–¿Me lo ha parecido a mí, o me has arrojado un guante?

–¡Desde luego!

–Bien –respondió, encogiéndose de hombros y dirigiéndose a la puerta–. En ese caso... juguemos.

Capítulo 5

LEO miró el informe que tenía delante. Era breve pero conciso. Tres páginas como mucho. En las tres semanas que habían transcurrido desde que había visto a Maddie, había tenido tiempo de reflexionar sobre el enfoque que quería darle a lo de la tienda.

—No descansaré hasta hacerme con ella.

Eso era lo que su abuelo había declarado unos días antes cuando él le había hablado del obstáculo para la compra en forma de una muchacha muy hermosa, muy terca y ridículamente orgullosa que había llegado del otro lado del mundo.

—Es una cuestión de orgullo. Fui justo con Tommaso cuando comenzó a perder dinero en el juego y la bebida. Sabía lo de su esposa, cómo su muerte inesperada le había golpeado duro, y sentí lástima por lo que estaba pasando. Habíamos sido amigos, al fin y al cabo. Pero el tiempo, la amargura y el dolor lo volvieron un viejo vengativo, y prefirió ver cómo la tienda caía en la ruina más absoluta antes que vendérmela a mí, aunque le ofrecí un precio muy por encima del de mercado, igual que hizo con su hija: prefirió arrancarla de su vida que perdonar y seguir adelante. Olvídate de eso que dice de que es parte de la historia de la ciudad. ¡Tonterías! A Tommaso le importaba un comino la historia. Se negó a vendérmela por puro rencor. Nunca me perdonó porque me negué a aceptar lo que había hecho. ¡Se negó a aceptar su traición y yo lo llamé sinvergüenza!

Le complació que su abuelo siguiera insistiendo en la compra porque, de no ser así, quizás él habría dado media vuelta sin más. O habría esperado un par de años a que la tienda acabara sucumbiendo porque ¿qué éxito podía tener sabiendo que Maddie no tenía ni idea de cómo llevar un negocio?, y entonces se habría lanzado a matar.

Pero le había lanzado el guante, y eso era algo a lo que él nunca había podido resistirse. Y que fuera ella quien se hallara al otro lado de la contienda le encantaba, ya que no había conseguido quitársela de la cabeza y alejarse de ella habría resultado más frustrante que olvidar la compra.

Y lo que tenía delante era lo que necesitaba para obtener lo que quería. El as en la manga. ¿Lo iba a jugar? Dependiendo de cómo fuera la reunión.

Aquella vez la había invitado a sus propias oficinas en Londres, sin contables, sin abogados.

—Tenemos que hablar —le había dicho dos días antes por teléfono—. Tengo cierta información que puede que te interese...

En un principio dudaba de si se presentaría o no, pero para su sorpresa había recibido un mensaje de ella unas horas antes confirmando la reunión y con la siguiente frase añadida:

Yo también tengo algo que decirte.

Hacía tiempo que no vivía una situación tan estimulante.

Cuando su asistente lo llamó para decirle que la visita que esperaba había llegado y que estaba esperando en el vestíbulo, se apoyó en el respaldo de su silla y esbozando una sonrisa, saboreó la anticipación.

–Dentro de quince minutos le dices que suba.

Los juegos mentales nunca estaban de más...

Maddie intentaba calmar la sensación de náusea. Era como marearse en el mar, pero peor.

¿Qué querría Leo de ella? ¿Qué podría tener que decirle que fuese de su interés? ¿Querría ofrecerle más dinero?

La verdad era que a Anthony se le habían ido enfriando los pies con su plan de la tienda, y había tenido que aguantar una larga charla sobre lo importante que era cuando menos escuchar la generosa oferta de Leo. Por el momento seguían contando con los inversores más leales, pero al final eran solo personas, y si les ofrecían el dinero suficiente, acabarían abandonado el barco que amenazaba con hundirse.

Iba a tener que mantenerse fría y defender su postura con uñas y dientes, pero...

Sintió otra oleada de náuseas y supo que nada tenía que ver con la conversación que le esperaba. Cerró los ojos brevemente e intentó no revivir el estupor que había sentido al saber que estaba embarazada.

¿Cómo podía haber sido tan irresponsable? Había pensado que las posibilidades de quedarse embarazada eran escasas, pero debajo de la angustia que sentía por la tienda, y por la otra angustia aún mayor que le provocaba el caos de sentimientos que tenía hacia Leo, yacía un miedo cerval a que aquel resbalón de una sola noche tuviera repercusiones.

Ni siquiera después de hacerse la prueba de embarazo había podido creer que una persona pudiera tener tan mala suerte. ¿Es que no había límite al cenizo que alguien podía tener en la vida? ¿Acaso no había tenido ya más que suficiente?

Pues parecía que no. ¿Cómo podía apostar a que era capaz de lograr el éxito en algo que nunca había hecho, llevando un bebé en el vientre? Apostar era, precisamente, lo que menos se podía permitir en aquel momento.

Pero no iba a ponerse en lo peor. Aún no.

Se sentó.

Y esperó.

Y con cada segundo que pasaba, se iba poniendo más y más nerviosa.

Si pretendía intimidarla, había elegido bien, porque aquel lujo estaba en una escala que para ella era prácticamente inimaginable. Incluso los más pequeños detalles de aquel lugar, como la planta que adornaba la mesa de cristal que tenía delante, eran carísimos.

¡Incluso la gente parecía carísima! Todos jóvenes y guapos, vestidos a la última, entrando y saliendo de los ascensores con el objeto de conseguir más y más dinero.

Dio un respingo cuando alguien se le plantó delante y le pidió que la siguiera.

–El señor Conti le pide disculpas por haberle hecho esperar –le dijo aquella mujer de cuarenta y tantos, con un corte de pelo serio pero de rostro amable que la condujo a los ascensores.

Cuando el ascensor de madera y cristal llegó a su destino, salieron a un enorme espacio de cristal en el que las estaciones de trabajo estaban separadas por plantas exóticas y más cristal. Predominaba el blanco y todo el mundo parecía concentrado en su tarea. De hecho nadie los miró cuando pasaron de aquel lugar que parecía un invernadero repleto de abejas industriosas hacia una zona más íntima.

La zona del CEO era más privada, oculta tras puertas de caoba y cromado. A punto estuvo de dar media vuelta y salir corriendo cuando por fin se detuvieron ante ellas.

–No esté nerviosa –le dijo la asistente con una sonrisa–. En el fondo, es un cordero –hizo una pausa–. Bueno, quizás «cordero» no sea la palabra más adecuada, pero es escrupulosamente justo.

–No estoy nerviosa –mintió.

Tenía el estómago hecho un nudo cuando entró a otro vestíbulo inmenso, gris, blanco y cristal, y tras una última puerta, se encontró delante de él mientras la puerta que acababa de dejar atrás se cerraba casi sin hacer ningún ruido.

Maddie se quedó mirando. No lo pudo evitar. Leo Conti era, en la vida real, mucho más poderoso, mucho más arrebatador que el personaje bidimensional que había dominado sus pensamientos durante las últimas dos semanas.

–¿Por qué no te sientas? –le ofreció él.

¿Le estaría mirando así deliberadamente? ¿Pretendería excitarlo?

Y así, sin más, sus pensamientos se salieron por la tangente más peligrosa.

¿Y si había llegado a la conclusión de que el enfrentamiento era el enfoque equivocado? ¿Y si había decidido que el sexo podía ser un arma mucho más poderosa?

Leo jugó con esa imagen. La imaginó acercándose a él, ofreciéndose, y él desnudándola despacio, muy despacio, y tomándola todavía más lento sobre la mesa... en el sofá... en el suelo...

Molesto consigo mismo, carraspeó y la miró con frialdad.

—Parece que tienes algún problema para aceptar el acuerdo que te he ofrecido.

—¿Para eso me has citado? ¿Para que pasemos otra vez por lo mismo? ¿Crees que eres capaz de intimidarme sin estar rodeado de un ejército de abogados y contables?

Quería parecer firme, y se preguntó si su voz habría transmitido su nerviosismo.

Se había pasado una eternidad preguntándose cuándo debía darle la noticia de su embarazo, si es que debía hacerlo, ya que no solo había sido un paso fugaz por su vida, sino una persona que había entrado en ella falseando la verdad. ¿Era esa la clase de hombre que quería como influencia para su hijo?

Su cuerpo se volvía loco nada más verlo, pero ¿acaso no era otro hombre muy rico que creía que podía tomar lo que se le antojara? Arrogante, superior, dispuesto a pisar a cualquiera si le venía bien...

Había pasado horas dándole vueltas, pero lo que supo con certeza en cuanto vio aquella línea rosa era que no podía ocultarle el embarazo.

Sabía lo que era crecer sin padre y no lo recomendaba.

—Deberías echarle un vistazo a esto —dijo Leo, empujando sobre la mesa un fino expediente.

La observó atentamente mientras ella abría la carpeta, y vio que palidecía notablemente antes de sonrojarse mientras leía y releía el informe que había recibido hacía un par de días.

Cuando terminó, mantuvo la cabeza baja un momento, a pesar de que había cerrado ya la carpeta.

Una incomodidad desconocida para él lo asaltó, y Leo no supo qué hacer porque nunca había experimentado esa sensación. Aquello no era jugar sucio. Esa información no le había llegado mediante un soborno o un chantaje, sino que estaba documentado. ¿Por qué entonces se sentía como un cerdo? ¿Por qué verla con la cabeza baja le estaba haciendo toda clase de cosas a su conciencia?

Leo frunció el ceño.

—¿Y bien?

—¿Y bien, qué? —respondió, mirándolo. Tenía los ojos llenos de lágrimas—. ¿Por esto me has pedido que viniera a verte? Me sorprende que no haya venido tu ejército de abogados para que puedan masticarme y escupirme después, porque esa es la razón por la que tienes esto, ¿verdad? Para poder utilizarlo contra mí y obligarme a vender si no quiero que esto se haga público. ¿Cómo eres capaz de algo así, Leo?

–Esta información es del dominio público, Maddie –replicó, controlándose.

–Pero no por eso debes usarla para asustarme y conseguir lo que quieres.

Leo se levantó de pronto y comenzó a pasearse por el despacho para después volver a la mesa y sentarse en el borde, justo delante de ella.

–Cuéntame qué ocurrió.

–¿Por qué?

–Porque quiero saberlo.

Leo se pasó una mano por el pelo. La vida era más sencilla antes de que aquella mujer apareciera en su vida. En condiciones normales, con munición disponible, no andaría pidiéndole a nadie que lo entretuviese con historias, pero estaba viendo que se esforzaba por no llorar, y le había calado hondo. El informe solo enumeraba hechos. Habría mucho más de lo que se había escrito en él.

Maddie lo miró fijamente y dudó. En su interior, la ira luchaba con el orgullo. Parecía querer saber de verdad, pero ¿cómo confiar en él? Era el mismo sujeto que había fingido ser pobre porque le convenía.

–Por favor, Maddie –se sorprendió diciendo–. Lo que hay en esas páginas es el esqueleto de una historia. Complétala.

–¿Cómo has sabido qué buscar?

–No lo he sabido, pero siempre investigo a fondo a las personas y a las empresas antes de poner dinero sobre la mesa y empezar a firmar papeles.

–¿Y si encuentras algo escabroso, lo utilizas contra ellos? ¿Es eso?

–Es una práctica habitual en los negocios asegurarse de que todos los hechos están sobre la mesa. Un director de contabilidad podría tener un problema con el juego, y eso es algo que requeriría un estudio detallado de los libros. No soy un lobo malo. He hecho lo que cualquiera haría en mi situación.

–Cuando mi madre murió –empezó, tras estarse un instante mirándose las manos–, yo estaba con ella. Había tenido que abandonar mis sueños de universidad para cuidar de ella. Creo que ya te lo dije. Salí del instituto con muchos sueños y poca esperanza de verlos cumplidos, o tan siquiera de poder conseguir un trabajo decente.

Respiró hondo e intentó separarse de las emociones. Leo la miraba interesado.

–Gané dinero haciendo trabajos manuales, e incluso acabé consiguiendo un trabajo bien remunerado con una encantadora señora mayor en uno de los barrios más caros de Sídney. Vivía con ella, lo cual me iba bien porque me ahorraba el alquiler. A cambio cuidaba de ella y la ayudaba con una autobiografía que estaba escribiendo. Conocí a su nieto, Adam. Era guapo y encantador, y... bueno, el paquete completo, la verdad. O eso creía yo. Comenzamos a salir. Al principio fui cauta. Había tenido experiencias con chicos que querían salir conmigo por...

Se sonrojó y Leo la miró divertido, como si nunca hubiera oído a una mujer rebajar su atractivo.

–¿Por tu físico?

Ella asintió.

–Creía que teníamos algo bueno. Me pareció que la vida estaba siendo buena conmigo después de todo lo que había tenido que pasar con mi madre.

Se preparó sabiendo que no estaba confesándose con alguien que después iba a darle un abrazo de oso antes de decirle que todo iba a salir bien. Aquella era una historia que quería contar porque no quería que la definieran los hechos fríos y desnudos y que él se quedara sin saber todo lo que había detrás.

—Lacey, la señora para la que trabajaba, empezó a perder la memoria poco después de que yo empezase a trabajar para ella. Al principio eran solo detalles, y no me llamó la atención. Pero los olvidos comenzaron a crecer con bastante rapidez, aunque es posible que no notase nada porque me estaba recuperando de la muerte de mi madre.

Lo miró a hurtadillas. ¿Estaría aburrido? ¿Quizás intentando clasificar aquella información para buscar su punto débil? Recordó que su asistente le había dicho que era un hombre justo y se dio cuenta de que, por enfadada que estuviera con él, también ella creía que lo era.

—¿Y entonces? —la apremió, aunque tenía una idea bastante aproximada de lo que le iba a contar.

—Un collar muy caro desapareció. Su valor era... bueno, más de lo que puedo decir. Adam y su hermana me culparon, a pesar de que intenté explicarles que... no podía creer que el hombre con el que creía tener un futuro me diera la espalda y pensara que no era más que una vulgar ladrona y una mentirosa.

Bajó la mirada y se quedó un instante así, recomponiéndose.

Enfadado con alguien al que no conocía y cautivo de un sentimiento de protección también desconocido, le ofreció una caja de pañuelos, de la que ella sacó unos cuantos sin despegar la mirada de la pared.

Respiró hondo y apretó los pañuelos antes de volver a mirar a Leo.

—¡Deja de comportarte como una histérica y siéntate de una vez! —explotó—. ¿Quién ha dicho que vaya a utilizar esta información? Admito que, en circunstancias normales, no dudaría, pero en esta ocasión...

Maddie apenas estaba oyendo ni una palabra de lo que decía. El corazón le latía fuerte y rápido como un martillo, y había empezado a respirar tan deprisa que bien podía estar hiperventilando, lo último que necesitaba en su estado.

De pronto el objeto de aquella reunión volvió a su consciencia y miró a Leo a los ojos.

—¿Te vas a sentar? —insistió él, acercándose—. Y antes de seguir, dejemos una cosa bien clara: yo no me parezco en nada a ese desgraciado con el que salías. Yo no engaño a las mujeres con vino y rosas, y jamás culparía a nadie de nada hasta no haberlo demostrado.

—¡Pero sí estás dispuesto a arrastrar mi nombre por el barro aunque sea inocente!

—¿Has escuchado una sola palabra de lo que acabo de decirte?

Maddie siguió mirándolo fijamente, y sin darse cuenta de lo que hacía, puso una mano sobre su pecho para rechazarlo, aunque en realidad lo que deseaba era atraerlo hacia ella, y de inmediato se alejó. ¿Cómo era posible que la afectase de tal modo aun estando en plena discusión?

–No voy a utilizar ninguna información contra ti, Maddie, así que puedes tranquilizarte en ese sentido. Eso no significa que renuncie a quitarte la tienda porque pienso hacerme con ella, pero no será haciendo pública esta lamentable historia.

La mano aún le ardía del contacto. Aquel hombre la excitaba enormemente, como dejaba palpable la humedad que tenía entre las piernas y los latidos de sus pezones.

Quizás fueran las hormonas. Había ido hasta allí con la intención de mostrarse fría y contenida, pero sus buenas intenciones se habían evaporado y ahora estaba allí, gritándole y sin querer escuchar ni una palabra de lo que le estaba diciendo.

Decía que no iba a utilizar la información que había descubierto, pero eso daba igual. Aquel encuentro le había revelado algo muy importante, algo que no podía ignorar con la esperanza de estar equivocada, y ese algo era que seguía deseando a Leo más de lo que había deseado a cualquier otro hombre o cualquier otra cosa en toda su vida.

La pelea concluiría y le contaría lo del bebé pero, en cuanto la tienda fuese suya, el contacto quedaría roto. Ella se llevaría el dinero de la tienda y de la venta de la casa de su abuelo y abandonaría Irlanda para siempre.

La vida que se construiría no tendría el legado que había heredado, pero sí algo igualmente importante: un hijo. Y además, el dinero necesario para mantenerse los dos.

–No tienes que seguir peleando por la tienda, Leo, ya te lo he dicho. Puedes quedártela. Diles a tus abogados que hablen con Anthony y que preparen la venta.

Leo retrocedió un paso y ladeó la cabeza como si intentase identificar un ruido que no lograba escuchar del todo bien. Aún.

—¿Y ese cambio de opinión se debe a...?

Maddie se acercó a la puerta.

—En este momento tengo más cosas de las que ocuparme, aparte de la tienda.

—Explícate.

—Estoy embarazada, Leo.

El color abandonó su cara. Parecía un hombre al que hubiese arrollado un tren a toda velocidad.

La oficina exterior estaba vacía. Leo debía haberle dicho a su asistente que se marchara, consciente de que aquella conversación iba a ser muy personal por la información que se iba a manejar sobre su pasado.

—No te creo.

—¡Estoy embarazada, así que puedes quedarte la maldita tienda! Me marcho para que puedas digerir lo que te he dicho, pero lo importante es que la tienda es tuya.

Y rápidamente abrió la puerta y salió sin mirar atrás.

Capítulo 6

PERO Maddie no consiguió escapar. Acababa de entrar en el ascensor cuando él la alcanzó.

—Leo...

—No puedes hacer esto, Maddie.

—¿El qué?

—Soltar una bomba en mi vida y huir.

—Yo no he huido.

—Volvamos a mi piso y me explicas qué narices está pasando.

Pero él sabía lo que estaba pasando. Había corrido un riesgo y ahora se encontraba con las consecuencias entre las manos. Maddie no mentía. No era de esa clase de personas. Iba a ser padre, una pesadilla de tal magnitud que tenía que absorberla poco a poco.

A pesar de la lección recibida con su matrimonio de cinco segundos de duración, se había arriesgado a mantener una relación sexual con una mujer simplemente porque no se había podido resistir. Después de diez años yendo con pies de plomo, de diez años de no correr jamás un riesgo y de evitar cualquier cosa que pudiera oler a trampa de miel, había tenido que liarla con una mujer a la que hacía menos de veinticuatro horas que conocía.

Eso sí: el sexo con ella había sido increíble.

¿Y cómo narices se le había pasado semejante pensamiento por la cabeza cuando lo que tenía que ocupar sus neuronas era el hecho de que la vida, tal y como la conocía hasta entonces, se había terminado?

Brevemente se preguntó si habría estado todo premeditado, pero la sospecha le duró un segundo. A pesar del cinismo con que enfocaba el asunto de las mujeres y lo que eran capaces de hacer cuando se trataba de echarle el guante a la pasta, en Maddie había una honestidad que no se podía ignorar.

—No pienso ir a tu piso —dijo ella sin mirarlo cuando las puertas del ascensor se abrieron y salieron al vestíbulo en el que ella había estado sentada hecha un manojo de nervios.

—Pues siento aguarte la fiesta, pero si piensas que vas a poder escaparte a Dublín sin que hayamos hablado de esta... situación, más vale que te lo replantees.

—Necesitas tiempo para digerirlo —dijo, y en su voz había un tono de urgencia y de miedo—. Necesitas pensar.

Leo no se molestó en contestar. Salieron juntos del edificio, y al mismo tiempo que llamaba a su chófer, no le quitaba ojo a la bomba que arrastraba los pies junto a él.

James, tan eficaz como siempre, paró el Jaguar negro ante ellos, y Leo abrió la puerta de atrás e hizo subir a Maddie en un abrir y cerrar de ojos.

Maddie apenas se dio cuenta de lo que estaba ocurriendo. Solo sabía que un instante estaba estrujándose el cerebro para encontrar el modo de evitar a Leo y lo de ir a su piso, y al minuto siguiente se encontraba en el asiento trasero de un coche que conducía un joven de pelo negro y ondulado y un montón de joyas de oro.

–No puedes hacerme esto. No puedes... secuestrarme sin más y...

–¿Secuestrarte? No te pases con el drama, Maddie, y en lugar de malgastar tu energía en luchar contra mí, acepta el hecho de que pretendo mantener la conversación que tú estás desesperada por evitar.

–¡Yo no estoy desesperada por evitar nada! Solo he pensado que necesitarías tiempo para... para...

–¿Para asimilar la granada que acabas de hacer explotar en mi vida?

Maddie lo miró furiosa, pero estando presente aquel extraño chófer, decidió callar.

Leo hizo lo mismo.

¿Qué se le estaría pasando por la cabeza en aquel momento? Se había imaginado que, cuando le diera la noticia, se pondría furioso. Atónito al principio, furioso después.

Se había imaginado a sí misma saliendo de su despacho mientras él urdía el modo de deshacerse de ella y de un bebé que no había pedido. No se había imaginado un escenario en el que se dirigían juntos a su apartamento.

En silencio.

Tardaron media hora, y llegaron a la zona más esplendorosa de Londres. El coche se detuvo ante un edificio victoriano de ladrillo rojo, con balcones de hierro negro y una fila de arbustos de corte perfecto que flanqueaban la subida a una puerta negra impoluta.

Resultó que su piso ocupaba las dos últimas plantas, a las que se accedía por un ascensor reservado solo para él.

En el piso, los grises y los cremas se mezclaban con la madera y el cromo mate, roto solamente por unas impresionantes piezas de arte abstracto que proporcionaban pinceladas de color. Todo era muy abierto, con unos techos altísimos ya que el techo del segundo piso, al que se accedía por una escalera de acero y cristal, proporcionaba cubierta al primero.

Leo se dirigió a una zona de descanso dominada por dos enormes sofás de cuero blanco y Maddie lo siguió.

–¿Cuándo lo supiste? –preguntó sin preámbulos–. Y no te quedes sentada en el borde del sofá como si fueras a salir corriendo en cualquier momento, porque no vas a ir a ninguna parte hasta que no hayamos hablado de esta... esta... pesadilla.

–No es una pesadilla.

–Pues tampoco es un sueño hecho realidad precisamente. ¿Cuándo lo has sabido?

–Ayer.

–Y tu plan era presentarte en mi despacho, darme las llaves de la tienda, decirme que estás embarazada de mí, ¿y luego qué? ¿Largarte a las montañas? ¿Desaparecer en la oscuridad?

Maddie se sonrojó porque, en líneas generales, no se había alejado demasiado de la verdad.

–Pues eso no va a ocurrir –sentenció.

–¿Qué parte? –preguntó a media voz.

–Lo que me has propuesto: que me quede con la tienda mientras tú sales corriendo. Eso no va a ocurrir.

–Leo... –suspiró–. Nos divertimos unas horas, pero ni tú ni yo pensamos tener que enfrentarnos a ninguna clase de consecuencias...

¿Nos divertimos unas horas? Leo se sintió inexplicablemente ultrajado al oír que se refería a él como «unas horas de diversión», a pesar de que sabía que así era exactamente como él habría calificado la mayor parte de sus experiencias con las mujeres. Quizás algo más que unas cuantas horas, pero básicamente el mismo sentimiento. Diversión.

Saberlo no hizo que le resultase más aceptable.

–No contabas con que fuese a quedarme embarazada –continuó ella–, y sé que eres un soltero empedernido, así que lo último que deseas o necesitas es la clase de compromiso que significa tener un hijo, y menos aun cuando se trata de una situación que no has buscado. Nadie quiere descubrir que su vida ordenada y perfecta ha pasado de pronto a ser una pesadilla.

Lo que decía tenía sentido. Él era un soltero de vocación. Ella no podía saber de dónde provenía esa decisión, pero había dado en el clavo. Igual que con el hecho de que jamás se había imaginado que iba a tener que afrontar un compromiso tan a largo plazo como el de un hijo, un deber que se extendería hasta el infinito.

–Yo no he pedido esto, pero tampoco me pusieron una pistola en la sien para obligarme a tener relaciones sexuales contigo sin protección.

–No importa. Ha ocurrido y yo no voy a cargarte con un peso que no has pedido. ¿Y bien? –insistió cuando el silencio se extendió entre ellos–. No dices nada.

–Estoy esperando a que tú termines lo que querías decir.

Maddie respiró hondo.

–Eso está bien –dijo, y se aclaró la garganta para pasar al segundo discurso que había preparado.

Era un borrador de la solución que se le había ocurrido, teniendo en cuenta que ella aún estaba asumiendo el cambio fundamental que se cernía sobre su vida en un futuro próximo.

–Si te vendo la tienda, tendré dinero más que suficiente para que el niño y yo podamos vivir y así no tendrás que comprometerte económicamente durante toda la vida. De hecho, no tendrás que comprometerte a nada. Las familias monoparentales son muy corrientes hoy en día.

–Me conmueve tu delicadeza y tu generosidad. Es más: no conozco a ninguna otra mujer que en tus mismas circunstancias estuviera tan encantada de ver cómo me largo de rositas.

–Bueno...

–Puede que sea por tu padre.

–¿Cómo?

–La opinión tan espantosa que tienes de los hombres.

Maddie volvió a sonrojarse.

–Te doy la oportunidad de no arruinarte la vida.

–Una expresión muy emotiva la de arruinarte la vida.

–Igual que pesadilla –contraatacó.

–Pues entonces no utilizaremos ninguna de las dos, porque yo no voy a irme de rositas. Tú has dado por sentado que soy la clase de hombre que está tan centrado en sí mismo que estaría encantado de dejar embarazada a una mujer y abandonarla en la cuneta.

–¿Qué estás diciendo?

–Es posible que no haya pedido esta situación, pero ahora que ha surgido, dar media vuelta y largarme no va a ser la solución.

–Quieres la tienda.

–La tienda es ladrillo y mortero. Estoy preparado para poner ese deseo en espera.

–¡Pero yo no puedo asumir la responsabilidad de reflotar la tienda cuando voy a tener que pasar por un embarazo y después ocuparme de un recién nacido!

–No puedes asumirlo sola.

–Ni siquiera con la ayuda de un equipo directivo y de unos trabajadores.

–Claro que tendremos que hablar del modo en que la tienda va a salir adelante –respondió él, levantándose con un movimiento ligero y grácil para dirigirse a la cocina y preparar unos refrescos.

Maddie se volvió para seguirlo con la mirada. Los distintivos del hombre de negocios habían ido desapareciendo: se había subido las mangas de la camisa y, sin que ella se diera cuenta, habían desaparecido zapatos y calcetines, y caminaba descalzo. Estaba tan increíble, tan sofisticado, tan completamente fuera de su liga...

Pensó en Adam y en cómo se había enamorado de alguien que también jugaba en otra liga, en cómo había dado un paso atrás para cerrar filas con su familia, acusándola del robo y sin importarle un comino lo que le estuviera pasando.

Entonces pensó en Leo, y en cómo se había hecho con aquella información tan personal. Aunque hubiera decidido no utilizarla contra ella, sabía que habría considerado esa opción porque él era así.

—Leo, no tengo ni idea de lo que estás hablando —confesó tras aceptar el vaso de agua mineral que le había ofrecido.

—¿Ah, no? Pues me refiero a lo que ya te he dicho antes: que los días de esa reliquia, de esa tienda que vale para todo y para nada a la vez, tocan a su fin.

Se estaba paseando por la habitación en círculos mientras hablaba hasta que, por fin, se detuvo delante de ella, mirándola con aquellos indescifrables ojos azul marino, desprendiendo la cantidad de sex appeal que estaba dando al traste con sus intentos de hacer funcionar su cerebro.

—No sé dónde quieres ir a parar. Sí, me habría encantado poder retener la tienda y mantenerla como estaba, pero si te la quedas tú, lo que hagas con ella dejará de ser asunto mío.

—No has escuchado lo que te he dicho, ¿verdad, Maddie?

—Pero...

—No voy a comprar la tienda, como tampoco me voy a ir a ninguna parte. Estás embarazada, y eso cambia por completo la base de nuestra relación.

—Es que nosotros no tenemos ninguna relación.

—Eres la madre de mi futuro hijo. ¿Cómo le llamas tú a eso?

Maddie no encontró respuesta que darle.

–Créeme si te digo que jamás habría imaginado que algo así iba a ocurrir –continuó él, sentándose a su lado con las piernas estiradas y las manos entrelazadas sobre la tripa–, pero puesto que ha ocurrido, solo hay una solución razonable, y es que me case contigo y legitime con ello a mi hijo.

La boca se le abrió de par en par, y él levantó una mano para impedirle hablar, si es que ella hubiera sido capaz de hacerlo.

–No te voy a mentir, Maddie. El matrimonio no era algo que estuviera en la pantalla de mi radar. Soy un hombre de sangre caliente y me he divertido, pero nunca he sentido la necesidad de transformar esa diversión en algo más serio. Tú has tenido tu pasado, y ha hecho de ti la persona que eres hoy. Yo tengo el mío.

–¿Qué? ¿De qué pasado hablas? Esto es exactamente a lo que yo me refería. ¡No sé absolutamente nada de ti! ¿Cómo puedes sentarte ahí tan tranquilo y hablar de matrimonio cuando no nos conocemos? Es una locura.

–Todo lo locura que tú quieras pero estamos en la situación más íntima que puede existir entre dos personas.

–Y tal y como acabas de decir, nunca te habías planteado casarte. ¿Cómo esperas que reaccione si te sientas ahí y me dices tan tranquilo que es la única solución?

–Es que lo estás analizando de un modo equivocado. Le estás añadiendo un tinte negativo que no es necesario.

–¿Cómo?

–El matrimonio en el sentido convencional del término es algo en lo que no creo, y fingir lo contrario no tiene sentido.

–¿El sentido convencional del término? ¿El de dos personas que están juntas porque se quieren?

–El mundo está sembrado de críos que terminan yendo a terapia porque sus padres se casaron creyendo que estaban enamorados. Tu madre creyó estar enamorada, y se largó al otro extremo del mundo desafiando el sentido común solo para que su matrimonio acabase destrozado.

Maddie se sonrojó.

–Esa no es la cuestión.

–Es precisamente la cuestión. El contacto que hubieras podido tener con tu abuelo y con este país fue cercenado por la terquedad de tu madre de perseguir el amor.

–Estás tergiversándolo todo para que sirva a tus fines –murmuró, a pesar de que era consciente de que tenía razón–. No mostraste este lado de tu persona cuando nos... cuando yo...

–¿Cuando la lujuria te desbordó y te metiste en la cama conmigo?

–¡Qué arrogante eres! Debería haberme dado cuenta de que no eras un nómada. Alguien así habría sido más humilde, mucho más sencillo. No habría tenido un ego del tamaño de un crucero.

Leo sonrió porque, a pesar de la tensión del momento, estaba disfrutando de su sentido del humor y de su resistencia a él. Por el momento.

–Una de esas almas errantes habría puesto un

océano de por medio en cuanto le dijeras que estás embarazada. En general, los Peter Pan no suelen digerir bien que los amarren, lo cual nos lleva al asunto que tenemos entre manos. Lo que te estoy proponiendo es una unión por el bien de nuestro hijo. Una solución práctica. Algo que tiene sentido.

—¡Genial, Leo! ¡Qué bien me lo estás vendiendo! Yo siempre había soñado con el amor y el matrimonio, seguidos del ruidito de unos piececillos, pero ahora tú me has presentado un matrimonio y los pasitos, pero sin amor porque no sirve para nada.

—Me lo dice la que había creído encontrar el amor con un perdedor que te dio la espalda porque pensó que eras una ladrona. Y luego dicen que el amor lo aguanta todo. Convénceme de que el amor es lo que importa pensando en lo que tu madre aprendió por la vía dura, o lo que aprendiste tú. El amor no es más que un montón de...

—¡Basta! —exclamó, levantándose—. Mira... —respiró hondo—, sé que tus intenciones son buenas, y que solo buscan el bien, pero no puedo pensar en nada peor que cargar con alguien con quien no tengo ninguna conexión emocional.

¿Cargar?

—Pero es que esto no es por ti.

—Ya sé que no, pero tampoco es solo por nuestro hijo. Sí, todo niño se merece tener un padre y una madre, pero solo si ellos son felices y están comprometidos el uno con el otro.

Leo ya no podía contener su impaciencia.

—Déjate de tonterías y dime cuántas parejas podrían marcar todas las casillas.

Estaba inquieto y se levantó para moverse por la habitación hasta que quedaron el uno frente al otro como dos oponentes en un ring.

—Me importa un comino cuántas parejas puedan marcar casillas o no. Lo que me importa es si yo podré marcar esas casillas con mi pareja.

—¡Oh, que suene música de violines!

¿Cómo era posible que estuviera teniendo que pelear para convencer a alguien de que compartiera con él una vida de riqueza obscena y privilegios?

—No podría soportar la idea de estar casada con alguien porque se sintiera responsable de una situación que no ha provocado deliberadamente.

—¿Me estás diciendo que preferirías echar a perder el bienestar de tu hijo por tus propias preocupaciones egoístas?

—¡No son egoístas!

—Tú mejor que nadie deberías comprender las limitaciones de una vida con un solo progenitor. Sí, es algo habitual. Sí, las familias monoparentales aparecen en las estadísticas. Pero estás rechazando la posibilidad de un padre y una madre. ¿Crees que nuestro hijo te dará las gracias por ello en el futuro?

Maddie lo miró frunciendo el ceño, conmovida por la fuerza de sus argumentos, pero...

—Nosotros no nos queremos. ¿Qué pasará cuando nos aburramos el uno del otro? ¿Qué pasará cuando empieces a lamentar haberte atado a alguien con quien no quieres estar?

—No veo por qué iba a tener que hacer semejante conjetura. Tenemos que enfrentarnos al aquí y ahora.

—¿Cómo puedes ser tan... pragmático?

–Porque uno de los dos debe serlo.

–No puedo casarme contigo. Sí, sé que debería ser más dura y más cínica, pero no lo soy.

Sabía reconocer la derrota cuando la tenía delante. Había enfocado el asunto del modo más lógico, dando por sentado que ella aceptaría su argumento porque, sinceramente, ¿qué mujer no lo haría? Pero era ya muy tarde para darse cuenta de que ella era fuerte y terca como una mula, y capaz de clavar los pies en el suelo con la misma terquedad que él.

–¿Me estás diciendo que querrías lanzar la red a ver qué pescas llevando a mi hijo en el vientre?

–¡Pues claro que no! ¿Qué hombre va a mirar dos veces a una mujer embarazada de otro?

–Te sorprenderías, pero está bien –levantó la mano en un gesto de rendición–. Pasemos a otro enfoque igual de práctico de la situación, uno que excluya lo que me sigue pareciendo la solución más deseable. ¿Que no quieres matrimonio? Bueno, no puedo arrastrarte hasta el altar, pero vamos a tener que enfocar todo esto con tranquilidad.

Dio unas palmaditas en el sofá que tenía al lado y ella se sentó.

–Continúa –le dijo con la voz ahogada, porque solo podía pensar en cómo se le apretaban los pantalones sobre los muslos, en el vello oscuro que cubría sus brazos, en sus ojos de un azul tan tan oscuro que...

–Quiero estar involucrado de manera activa en cuanto vaya a ocurrir a partir de ahora, y desde luego no me voy a arriesgar a que salgas corriendo si te compro la tienda, de modo que ¿la quieres? Tuya es. Así me aseguro de que no te largues en breve.

–Pero tú vives aquí, en Londres...

–Y por supuesto continuaré supervisando las cosas aquí, pero puedo dirigir mi imperio desde cualquier parte del mundo, teniendo en cuenta la naturaleza de las conexiones de hoy en día. Y Dublín me parece un lugar encantador en el que instalarme. Buenos restaurantes, una escenografía espectacular, gente agradable...

Podía vivir allí unos meses mientras encontraba un emplazamiento alternativo para su empresa, o podía explorar los alrededores de la ciudad y poner en marcha el proyecto del complejo de golf con que llevaba tiempo soñando. Sería una especie de vacaciones temporales, por así decirlo.

Y mientras, la mantendría vigilada. Se había negado en redondo a lo de la boda, pero había muchos modos de despellejar a un gato, y estaba convencido de que empezaría a ver las bondades de su proposición en cuanto tuviera que enfrentarse con la parte técnica de llevar una tienda y con las dificultades de ser madre soltera.

–Pero tú no... tú no tienes casa aquí.

–Eso no es problema. Ya me compraré algo.

–¿Que te comprarás algo?

–Te sorprendería lo rápido que puede cambiar de manos una casa cuando se pone el dinero suficiente sobre la mesa.

–Yo no voy a salir corriendo. ¿Cómo iba a hacerlo si tengo una tienda que dirigir? No es necesario que te traslades a Irlanda.

Leo abrió los brazos en un gesto de magnanimidad que a ella le hizo pensar en un tiburón intentando convencer a un banco de sardinas que él no tenía el más mínimo interés por zampárselas a todas.

–Como ya te he dicho, salgas corriendo o no, pretendo estar a tu lado a cada paso del camino –dijo, esbozando una sonrisa que se dibujó lentamente en su cara–. Vas a tenerme alrededor veinticuatro horas al día, siete días a la semana, sin el inconveniente de llevar una alianza en el dedo.

Capítulo 7

MADDIE contempló la obra a medio hacer que había empezado seis semanas antes en su casa. Era un dolor de cabeza más, añadido al montón de dolores de cabeza que había ido creciendo, sin prisa pero sin pausa, desde que le había dicho tan tranquila a Leo que se alegraba sobremanera de que no quisiera comprarle la tienda porque estaba decidida a reconstruir el legado de su familia y a devolverle su pasado esplendor.

Los problemas de la tienda no dejaban de crecer: stock perdido, sistemas de compra a proveedores inadecuados, una persistente gotera en el último piso que, según el equipo de fontanería, «tenía mala pinta»... los había despedido, así que tenía que analizar sus opciones.

Parte del personal había decidido despedirse tras su anuncio de que se quedaba con la tienda, y reemplazarlos estaba siendo otro de los dolores de cabeza, porque todo el mundo parecía creer que era imposible que aquella tienda fuese un negocio viable.

Y para colmo, aquello.

Con un suspiro contempló el revestimiento de los muros y del suelo que había sido retirado, pero no en su totalidad, lo cual significaba que la mitad del suelo de la cocina lucía sus agotadas baldosas originales mientras que la otra mitad era de ladrillo y madera, con suficientes agujeros para albergar a varias familias de roedores.

El frigorífico no tenía alimentación eléctrica, y el constructor acababa de llamar para decir que no iba a estar durante una semana por una emergencia familiar.

Maddie miró su teléfono.

Leo.

No quería pensar en él, pero tampoco era capaz de evitarlo. Tal y como había dicho, su presencia había sido constante. La llamaba. La invitaba a comer. Insistía en hacer la compra con ella porque quería asegurarse de que compraba comida nutritiva.

No había querido invitarlo a su casa, y tampoco a la tienda. Quería y necesitaba mantenerse independiente, algo complicado porque él sabía cómo hacerse presente. El perfecto caballero.

No se había vuelto a mencionar el matrimonio, ni nada que pudiera parecer ni remotamente sexual. Simplemente se mostraba abierto, amable y asquerosamente servicial. La trataba con tacto, consideración y cortesía. Y a pesar de las veces que se decía que eso era bueno, lo detestaba.

Y dejándose llevar por el momento, marcó el número para emergencias que él le había dado semanas atrás.

Estando en mitad de una reunión del alto nivel a la que asistía un puñado de personas escogidas, ya que no estaba dispuesto a perder el tiempo necesario para desplazarse a verlos, Leo levantó una mano con gesto imperativo y todas las conversaciones cesaron.

El nombre de Maddie había aparecido en la pantalla, y dado que era la primera vez que se dignaba a llamarlo, no tenía intención de pasar por alto la llamada.

La verdad es que estaba cansado de esperar, aunque solo fuera porque él la había llamado con regularidad de reloj.

–Leo –dijo sin más.

–Siento molestarte –se disculpó, y por su tono de voz dedujo lo incómoda que se sentía de ceder a la tentación de llamarlo.

–No me molestas –contestó, mirando a todas aquellas personas importantes, reunidas allí por él.

–Es solo que...

–Cuéntame qué pasa –la apremió, haciendo un gesto con la mano para que continuase la reunión y señalando a su segundo para que la dirigiera.

–No pasa nada. Es solo que... bueno... estoy aquí, en casa y... –miró desesperada a la cocina a medio hacer en la que prepararse una comida decente llevaba dos semanas siendo misión imposible–. Y tengo un par de problemillas que... en realidad no es nada, y no debería haberte molestado, pero...

–Voy para allá.

Leo cortó la llamada y, por primera vez en la vida, supo lo que era estar preocupado. Porque lo estaba. No conocía a nadie tan terco y tan decidido a ser autosuficiente como Maddie, y que hubiera admitido tener un par de problemillas era fuente de honda preocupación, porque esos «problemillas» podían ser desde una uña rota al cielo cayendo sobre su cabeza. Directamente lo segundo.

–¿Qué ocurre? –fueron sus palabras de saludo en cuanto el Ferrari lo depositó en tiempo récord ante la puerta de Maddie.

Entró en tromba al vestíbulo y la miró de arriba abajo, buscando signos visibles de inquietud, pero la encontró tan deslumbrante como siempre. Ya se le notaba un poco el embarazo, pero pasaba desapercibido con los pantalones de chándal y el top suelto que llevaba. ¿Cómo era posible que el más desafortunado de los atuendos pudiera resultar intensamente sexy puesto en ella?

Su cuerpo comenzó a reaccionar, minando su sentido común, e intentó concentrarse en su cara, pero no encontró alivio porque la conexión que sentía con ella no se basaba solo en su físico o en cómo su cuerpo reaccionaba ante ella, sino que se trataba de algo que iba más hondo, como una poderosa corriente de agua subterránea que operaba en un nivel radicalmente distinto. Puede que se debiera a que Maddie ocupaba una posición que nunca había sido ocupada antes por otra mujer: madre de su hijo. ¿O se debería a que el lado físico de su relación no había podido seguir su curso natural para llegar después a su inevitable conclusión?

Puede que fuera una mezcla de ambas cosas. Lo único de lo que sí tenía certeza era de que se encontraba permanentemente batallando por controlar el deseo de tocarla.

Maddie se mordió un labio y ocurrió lo más inesperado: se echó a llorar.

Asustado, Leo la atrajo hacia sí y la abrazó, acariciándole el pelo y murmurando suavemente. Cuando más necesitaba un pañuelo descubrió que no lo tenía y le secó las lágrimas con los nudillos mientras ella le decía que no pasaba nada, que no sabía por qué lloraba y que seguramente sería cosa de las hormonas.

–Háblame –fue su respuesta.

–No debería haberte llamado, pero es que me sentía desbordada –le confesó en voz baja, una vez hubo controlado los sollozos pero sin abandonar su abrazo–. La tienda... la casa...

Puesto que él solo había oído hablar sobre lo que se estaba haciendo en la tienda por boca de otras personas, y dado que no había estado en su casa, miró a su alrededor primero y luego a espaldas de ella. Por el hueco de una puerta pudo ver el caos que se había adueñado de la cocina.

–¿Por qué no me lo has dicho antes? –le preguntó y, en lugar de tomarla en brazos para llevarla al lugar del delito, se conformó con tirar suavemente de ella para entrar en la cocina y acomodarla allí en una de las pocas sillas que quedaban.

Aquello era un desastre infumable a medio acabar, una cocina inutilizable.

Buscó otra silla, pero al no encontrarla cedió a su impulso de cavernícola, la tomó en brazos y fue con ella al salón, donde se encontró con la mayoría del contenido de la cocina.

–Repito –dijo, acomodándola en el sofá y colocando una silla delante para que no pudiera salir de allí–, ¿por qué no me has hablado antes de esto?

–Porque me dijeron que solo tardarían dos semanas.

–¿El nombre de la empresa?

–Es que...

–Maddie, tú solo dime a quién has contratado.

Buscó en el móvil los detalles de la empresa para que él pudiera verlos y Leo, mientras con una mano le pedía silencio, con la otra marcaba el número.

No hubo gritos ni amenazas, sino que con voz suave, peligrosamente suave, la amenaza quedó implícita.

–Una semana –dijo–, y no me haga lamentar haberle dado un plazo tan largo.

Y acto seguido, hizo que ella le contara sin dejarse ningún detalle, qué estaba pasando en la tienda y en el resto de la casa.

–Así no puedes seguir –sentenció cuando logró que ella confesara que llevaba más de una semana comiendo de mala manera–. No puedo impedir que pongas en peligro tu propio bienestar alimentándote de comida basura, pero de ninguna manera estoy dispuesto a consentir que pongas en peligro al bebé que llevas dentro.

–En cuanto todo esté en su sitio, mis hábitos alimenticios volverán a la normalidad –se defendió–. Me encanta cocinar, y no es necesario que me digas que este no es buen momento para llevar una mala dieta, que no soy tonta.

–Lo que sí te digo es que deberías habérmelo contado antes.

–No me imaginaba que los albañiles fuesen a desaparecer sin más.

–Estás estresada, y el estrés es lo que peor te viene en estos momentos.

Además, a él no podía acusarlo de haber contribuido a ese estrés, teniendo en cuenta que no había hecho nada más que morderse los nudillos durante las últimas semanas.

–Subamos –dijo de pronto, tomando una decisión sin darse tiempo de reflexionar.

Ella abrió los ojos de par en par.

–¿Para qué?

–¿Para qué querrías tú que fuera? –no pudo resistirse a preguntar, con una voz tan suave como la seda, aunque molesto consigo mismo por la inmediata reacción de su libido. Nada le gustaría más que ver cómo cambiaba su cuerpo, cómo maduraba con su hijo–. Porque vas a hacer las maletas –continuó–, y vas a salir de esta casa conmigo hoy.

–¿Qué?

–¿Recuerdas que te mencioné que cuando mi abuelo estaba de crucero por el Caribe se había quedado un tiempo en una de las islas? Bueno pues la villa que hay en esa isla me pertenece y voy a llevarte allí. Desgraciadamente no habrá oportunidad de que lo conozcas porque está disfrutando del mar abierto, pero es un lugar perfecto para relajarse... y eso es lo que tú necesitas.

–¡Eso es absurdo! ¡No puedo irme sin más de vacaciones cuando todo está sumido en el caos!

Pero la idea de hacerlo pendía delante de ella como una zanahoria.

–Yo me encargaré de todo –contestó, levantándose y dirigiéndose a la escalera.

Maddie se puso en pie de un salto y lo siguió.

–Puedo arreglármelas perfectamente yo sola –protestó.

Leo se volvió para mirarla con incredulidad.

–No, Maddie, no puedes. La casa está hecha un desastre. No estás comiendo en condiciones. Has contratado un equipo de albañiles que es obvio que han entendido que pueden hacer lo que les dé la gana porque tú estás demasiado estresada para mostrarte firme. Eres demasiado orgullosa para pedir ayuda de modo que, te guste o no, vas a meter en una maleta ropa de verano y nos vamos en avión a mi casa a primera hora de la mañana. Ahora puedes elegir: o te hago yo la maleta, o la haces tú. Luego te vas a venir a mi casa, dormirás allí esta noche y olvidarás todas las preocupaciones que has venido arrastrando hasta ahora.

–¿Se puede saber desde cuándo te has vuelto tan mandón?

Leo sonrió de medio lado.

–A veces, ser mandón es lo único que funciona para tratar con una mujer que hasta ahora ha sido una cabezota y se ha negado a pedir ayuda aun cuando no puede seguir adelante. ¿Dónde tienes las maletas?

Maddie miró por la ventanilla del avión para contemplar el banco de nubes que tenían debajo. Todo había ocurrido tan deprisa que la cabeza aún le daba vueltas. Leo se había hecho cargo de todo y había derribado de un plumazo todos los obstáculos hasta que había accedido a dejar un capataz a cargo de la supervisión de los trabajos de la casa. Y en cuanto a la tienda, había desplazado a ella a parte de su personal.

–La tienda es tuya –le había dicho antes de que pudiera protestar–, pero necesitas los recursos adecuados para dirigirla, y yo voy a asegurarme de que dispongas de ellos.

Maddie había aceptado sin dudar. El orgullo era una cosa, pero la fuente de ingresos de muchas personas dependía de que fuese capaz de llevar a buen puerto lo que tenía pensado para la tienda, un proceso que había resultado ser mucho más exigente y difícil de lo que se había imaginado. Embarazada e incapaz de centrarse al cien por cien en la tienda, estaba siempre distraída y, por las noches, se sentía agotada, demasiado cansada para dedicar la ingente cantidad de horas necesarias en aquella etapa del proceso para sacar a la tienda de su letargo. Y había un límite en lo que podía pedirles a sus empleados.

Leo no se iba a aprovechar. Lo sabía. Había tardado unas semanas en darse cuenta de que era un hombre que se mantenía fiel a su palabra, un hombre completamente distinto a Adam, con quien lo había comparado tan alegremente en un principio.

Leo era honorable incluso en exceso. Pedirle matrimonio había sido el último acto de generosidad, ya que no la quería y nunca había pensado tener con ella una relación que fuese más allá de una noche de sexo. Lo miró a hurtadillas. Iba trabajando con el ceño fruncido, leyendo algo en el monitor del ordenador. Estaba completamente inmóvil y, no obstante, emitía la clase de energía que le hacía pensar en un tigre reposando.

Diez días en su compañía... ¿cómo iba a arreglárselas? Cuando se veían solo de vez en cuando estaba bien. Lo estaba cuando había más personas a su alrededor para diluir la fuerza de su personalidad, pero palideció al imaginarse con él en una casa vacía.

–No me has dicho... –carraspeó–. No me has dicho si vive alguien en la... eh... villa.

Leo guardó lo que había estado leyendo y se giró hacia ella.

–¿A quién te refieres? –preguntó, divertido al ver que se había sonrojado.

Se esperaba que se resistiera con uñas y dientes a aquel viaje porque parecía decidida a contradecirle en todo, pero había accedido enseguida y con un suspiro de alivio. Maddie estaba averiguando por sí misma lo duro que era el mundo de los negocios, si además has decidido no pedir ayuda a la persona que mejor podría ayudarte.

Él había jugado a aquel juego de esperar, pero pronto se había hartado. No era su estilo. Ahora el juego se había terminado, y estaba decidido a mostrarle lo buena que podía ser la vida teniéndolo a él en ella.

De ningún modo iba a permitir que tomase un camino que pudiera significar que él pasara a un segundo lugar en su papel de padre: visitas acordadas y resignarse a contemplar desde el arcén mientras otro hombre tomaba las riendas.

Tampoco iniciar una batalla por la custodia le haría bien. Ningún juez se la daría, ya que una niñera a tiempo completo no sería rival para Maddie. El tiempo no había sido su aliado, pero a partir de aquel momento se aseguraría de que lo fuera.

—¿Personal de servicio? —aventuró—. No me has hablado de la villa. ¿Es muy grande? ¿Y qué razón puede haber para tener una villa en una isla en el Caribe, si casi nunca vas por allí?

—Inversión. Suelo usarla como lugar de descanso para algunas personas de la empresa. Incluso como incentivo para quienes tienen un alto cargo. Sí, tiene personal de servicio. Cuando está vacía, van solo dos días a la semana para abrir las ventanas y asegurarse de que todo está bien, pero se usa con frecuencia, de modo que suelen tener trabajo. Les pago bien por adelantado, de modo que están allí siempre que los necesito.

—Vaya. A veces...

—¿A veces, qué?

—A veces, cuando dices cosas así, como cuando dijiste que comprar una casa en Irlanda no sería problema para ti porque tenías el dinero, me doy cuenta de lo distintos que somos.

—Diferentes no significa necesariamente incompatibles.

—Leo, antes de trabajar para Lacey, fregaba suelos. Mi madre trabajaba todas las horas que Dios le daba para poder llegar a fin de mes. No recibió ni un céntimo de mi abuelo...

«Eso no me sorprende lo más mínimo», pensó. El viejo Tommaso, si podía creer lo que de él decía su abuelo, había olvidado lo que era gastar un céntimo que no fuera en caballos y bebida, así que mucho menos iba a enviar dinero a una hija que había echado de su lado por las decisiones que tomaba en su vida.

–Demasiado orgullosa para pedírselo...

–¿Ah, sí?

–Era muy terca a veces.

–El parecido familiar es evidente.

Maddie se sonrojó.

–Nunca he ido de vacaciones, y cuando vine aquí, era la primera vez que subía en avión.

–Crecimos en mundos muy distintos –concedió Leo–, pero compartimos rasgos. Nunca había conocido a una mujer tan testaruda como tú, o tan decidida como para marcarse un camino y no desviarse de él –la miró fijamente–. A veces hay que rascar bajo la superficie.

–Lo dices porque estoy embarazada de ti y tienes que encontrar algún rasgo común.

–Si ese bastardo de tu ex estuviera presente, se lo haría pagar caro.

Maddie se sonrojó con el placer que le produjo percibir la nota posesiva en la voz.

–Me hizo un favor. Me enseñó a andarme con cuidado antes de confiar en alguien.

–Quemó tu confianza, y por eso se merecería que le arrancasen la piel a tiras.

–Solo estoy siendo realista. En fin... al final no me has dicho si va a haber mucho personal en la casa.

–Estaremos solo los dos. No será necesario que la casa esté llena de gente. Habrá un servicio discreto que, naturalmente, no vivirá en la casa. No será necesario que hagas nada en cuestiones domésticas, y creo que somos perfectamente capaces de hacernos el desayuno.

—Desde luego. Llevo haciéndolo toda la vida. Creo que tengo una técnica depurada para poner cereales en un cuenco, hervir un huevo o tostar un poco de pan.

Leo se sonrió.

—Me resulta agobiante que haya mucha gente yendo y viniendo si quiero intimidad.

Maddie se preguntó qué clase de intimidad tendría pensada disfrutar, y tuvo que recordarse que ella ya había dejado de interesarle como ser sexual. Llevaba a su hijo en el vientre y había entrado en otra categoría. Había pasado de desearla a querer asegurarse de que estaba bien, algo completamente distinto.

Pero ella quería importarle por sí misma, y no por ser la madre de su hijo. Quería que la rodeara con los brazos porque quisiera hacerlo, y no porque le preocupara su nivel de estrés.

Apartó el pensamiento.

—No tendrás que pensar en nada mientras estés allí, Maddie —continuó.

—Esa promesa es muy gorda, Leo —se rio.

Era sorprendente lo relajada que se sentía en su compañía. Por un momento dejó de ser Leo el millonario, que quería quedarse con su tienda y que ahora tenía que cargar con ella por su embarazo, y volvió a ser el Leo que la había seducido con su inteligencia, su buen humor y su deslumbrante sex appeal.

—Nunca he estado en una situación en la que no haya tenido que pensar en algo, así que no sé si voy a saber hacerlo.

–No has tenido una vida fácil –concedió, mirándola–, pero ahora estás embarazada y tus días de preocupaciones han terminado.

–No soy de porcelana.

–Para mí, sí.

Maddie se sonrojó un poco más, sobre todo porque había algo íntimo en lo que acababa de decir, aunque era consciente de que estaba reiterando lo que le había dicho desde el principio: que era su responsabilidad estando embarazada, tanto si a ella le gustaba como si no.

–De todos modos, no debería quejarme –continuó sin mirarlo–. Tengo mucho por lo que estar agradecida, gracias al legado de mi abuelo. Tengo la tienda, un techo sobre la cabeza y dinero suficiente para que me hayan concedido un préstamo. Lo único que me pesa es no haber podido conocerlo.

–¿A Tommaso? ¿Por qué?

–¿Cómo que por qué? No conocí a mi padre. Mi madre huyó de su familia, a pesar de lo reducida que era, y cortó todos los lazos. Siempre estuvimos solas mi madre y yo, y dos es un número tan solitario... sabía que nunca iba a conocer a mi padre, y nunca sentí deseos de conocerlo, pero me habría gustado conocer a mi abuelo, sobre todo porque pienso que a él también le habría gustado conocerme y conseguir que mamá cediera y...

–¿Qué te hace pensar eso?

–Me lo dejó todo –respondió sin más–. ¿Por qué si no iba a haberlo hecho?

–Porque es el estilo italiano.

–¡Qué cínico eres, Leo!

–No iba a dejar su mermada fortuna al santuario local para gatos.

Ella apartó la mirada con un gesto desafiante.

Estaba claro que quería pensar lo mejor de Tommaso. Estaba desesperada por forjar un nexo de unión con el abuelo que no había conocido, y ocuparse de la tienda formaba parte de ese nexo. No tenía idea de la clase de zorro que había sido en realidad, y en aquel momento decidió que nunca se lo contaría.

–Que yo sepa, no era amante de los animales. Y puede que tengas razón. Quizás fue su forma de llegar hasta ti desde la tumba...

–¿Tú crees?

La necesidad de echarse a llorar murió en sus labios al ver la ansiedad de su expresión, la esperanza, y no por primera vez maldijo al viejo bastado que se había negado tercamente a hacer las paces con su única hija, y con la nieta a la que nunca llegó a ver.

–Estoy seguro de que fue así.

Siempre había deseado hacerse con la tienda. Le había prometido a su abuelo que lo lograría, pero supo que no iba a destrozar los sueños románticos de Maddie, y también que su abuelo lo comprendería. Seguro que la idea de tener un nieto iba a ser para él mucho más excitante.

–Mi madre nunca me habló de ello. Era demasiado orgullosa. A veces me pregunto si no debería haberla presionado más para que me diera respuestas.

–¿Por qué no lo hiciste?

–Sabía que le haría daño.

–Ya. Solo cuando nos hacemos mayores tenemos la suficiente confianza para enfrentarnos a nuestros padres en un terreno de adultos, y cuando tú te hiciste mayor tenías cuestiones mucho más acuciantes de las que ocuparte porque tu madre estaba enferma.

Maddie lo miró sorprendida por su comprensión.

–No te martirices por eso –añadió–. No sirve de nada hurgar en el pasado. En menos de cuatro horas vas a estar en mi villa y sin una sola preocupación en el mundo. Tengo todo lo de la tienda bajo control, y mi equipo nos informará a diario de los trabajos de tu casa.

Y le llenó de gran satisfacción ver, cuando la miró a hurtadillas un instante después, que se había recostado en el asiento y había cerrado los ojos, todos los rasgos de ansiedad borrados de su rostro.

Capítulo 8

MADDIE no sabía qué esperar después del viaje de nueve horas, mayoritariamente hechas en avión, a excepción del último tramo recorrido con una lancha que les aguardaba en el puerto, pero cualquier incomodidad que hubiera podido provocarle encontrarse tan lejos de su zona de confort con Leo quedó disipada por la maravillosa visión de la isla que les aguardaba al final.

La noche no tardaría en llegar, y cuando los dejaron en la isla principal en otro puerto mucho menor, pudo apreciar el escenario a medida que la oscuridad lo iba absorbiendo. El cielo anaranjado se tornó violeta hasta inundarse de negro y estrellas, una vegetación exuberante sobre colinas suaves y redondeadas, una carretera por la que solo un coche podía circular en cada sentido casi rozando al otro, y bosques enteros de gráciles cocoteros meciéndose en la brisa, altos y delgados como husos.

–Es impresionante –musitó cuando avanzaban en el coche que les había estado esperando. Apenas había tráfico, pero se distinguían las luces de las casas ocupadas. Aquel lugar era visitado por los muy ricos, una isla en la que podían relajarse sin temor a los paparazzi y a los vecinos curiosos armados con prismáticos.

Leo le había prometido que descansaría y se relajaría, y el sonido de fondo del mar junto con su voz hablándole de las características de la isla estaban consiguiendo que se olvidara del estrés que había dejado atrás en Irlanda.

Mirando a hurtadillas su perfil mientras él iba concentrado en la conducción, sintió que su cuerpo respondía del modo que tanto se había esforzado por desconectar, pero el recuerdo de cómo aquellas manos fuertes habían recorrido todo su cuerpo la asaltó. Era consciente de que tenía que encontrar una nueva forma de relacionarse con Leo, y el sexo no tenía lugar en ese escenario, pero el aire balsámico de la noche y la visión de aquel cielo de terciopelo negro salpicado de estrellas hizo que sintiera una excitación como si un interruptor que antes apenas permitiera el paso de la corriente de pronto se hubiera abierto, y su luz fuera la de un faro a pleno rendimiento.

Fue casi un alivio cuando el coche tomó una última curva y apareció la villa con el exterior iluminado. Era estilo rancho, con una enorme terraza que parecía abrazar como si fuera una gargantilla aquella impresionante construcción. Entraron en el patio mientras Leo charlaba sobre la isla y lo que podía esperar allí en cuanto a entretenimiento.

–De todas formas, no me gustan los clubes –contestó ella distraída cuando Leo refirió que las posibilidades eran más bien escasas.

Era increíble lo mucho que había cambiado su vida en los últimos meses, pensó llevándose la mano al vientre, y durante unos segundos deseó que la vida perfecta con la que siempre había soñado se hubiera materializado. Sin tener un bebé en camino, contando con seguridad económica y habiendo superado al fin todo lo relacionado con el idiota de su ex, las cosas habrían sido magníficas... pero lo que prometía tanto desde fuera por dentro estaba lleno de agujeros, agujeros de los que no podía escapar.

Leo no sentía nada especial por ella. Estaba haciendo todo aquello por el bebé. De no ser por la nueva vida que llevaba dentro, habría lanzado un ataque frontal para hacerse con la tienda, y la noche que habían pasado juntos sería tan solo un recuerdo distante.

No sentía nada por ella.

Pero ella sí que sentía algo por él.

Se estremeció e intentó desarmar aquel pensamiento para poder reducirlo a una tontería, pero se había formado y se negaba a moverse.

Sentía algo por Leo.

Había lanzado por la borda toda precaución y se había acostado con él, pero sin darse cuenta había seguido conectada después del sexo y después, al descubrir que estaba embarazada, se había abierto una puerta por la que habían entrado toda clase de cosas, toda clase de emociones. Había visto más allá del millonario, y se había dejado seducir por los aspectos más complejos de él: su honorabilidad, su decencia, su sentido de la justicia...

Y se había enamorado de esos rasgos.

Se había enamorado del tipo que había salido a la palestra en el momento necesario y que había pasado a otro plano cuando ella se lo había pedido.

Leo le había pedido matrimonio y ella lo había rechazado categóricamente. ¿Por qué? ¿Acaso él tenía razón? ¿Había sido puro egoísmo?

–¿Hola? –la interrumpió él–. Te he perdido. Y no me digas que de pronto te has puesto nerviosa porque vas a compartir casa conmigo.

–¿Eh?

Leo contuvo la impaciencia.

–Habitaciones separadas –le dijo sin más, y salió del coche. Un golpe de humedad le dio en la cara, y la orquesta de insectos que formaba parte integral de aquella parte del mundo lo recibió.

Nunca había tenido que contener su energía y su necesidad como se había visto obligado a hacer en las últimas horas, y el esfuerzo era frustrante. Era el padre de su hijo y estaba dispuesto a cumplir, a sacrificar su libertad por un bien mayor, y no lograba entender por qué a ella le resultaba tan difícil de ver y de aceptar.

Se enorgullecía de ser muy racional, pero estaba teniendo que lidiar con unos cambios de humor completamente irracionales: un momento se sentía optimista, decidido a abrirse paso por cualquier grieta que pudiera ver, y al siguiente le bastaba con percibir un repliegue de Maddie y no lograba decidir entre seguir insistiendo o quedarse quieto. Se sentía indefenso en aquella situación enloquecedora, y el esfuerzo que tenía que hacer por apagar su necesidad de hacer algo era tremendo.

Su trabajo se estaba resintiendo ya que, por primera vez en la vida, no estaba siendo capaz de concentrarse con el nivel de intensidad al que estaba acostumbrado. Sin previo aviso se encontraba recordando el sonido de su risa, o el modo en que a veces lo miraba a hurtadillas, o las cosas que decía que le hacían reír a carcajadas.

–¿Habitaciones separadas? –repitió ella.

–No tienes que preocuparte porque tu intimidad se vaya a ver invadida en ningún sentido –explicó mientras sacaba las maletas del coche y echaba a andar hacia la casa–, aunque he de advertirte de que, por el momento, no hay nadie aquí. Los dos somos adultos, y no me ha parecido necesario que alguien se quedara para hacer de carabina.

Maddie se sonrojó, temiendo que Leo no fuese a ser capaz de contenerse. ¿De dónde habría sacado esa idea, si no había mostrado el más mínimo interés en ella desde que lo había rechazado?

–¡Pues claro! –exclamó con una sonrisa, y cambió de tema–. La villa es preciosa, Leo. ¡Me sorprende que no quieras vivir aquí siempre!

–El sol, el mar y las estrellas nunca han sido lo mío para más de cinco minutos.

Sonrió, y ella se estremeció por dentro.

–¿Eres más de vino, mujeres y música? –preguntó cuando ya entraban.

El color vainilla se mezclaba con la madera y las serigrafías que colgaban en las paredes. Las persianas blancas servirían para tamizar la luz del sol, y una impresionante cristalera permitía ver un césped inmaculado.

Cuando se volvió, se encontró con que Leo la estaba mirando, aunque apartó rápidamente la mirada.

–¿Tienes hambre? –le preguntó él.

–Un poco.

–La cocina está aquí. Habrán dejado comida preparada.

–Esta es la casa más increíble en la que he estado.

–Es curioso, pero yo ya no soy consciente de lo que me rodea –le confesó, ladeando la cabeza.

–Eso es porque siempre has tenido demasiado dinero.

–¡Nunca pensé oír esas palabras de labios de una mujer! –se rio.

–Entonces es que el tipo de mujeres que has frecuentado no era el adecuado.

–¿Y qué clase de mujeres crees que debería haber frecuentado? –preguntó, mientras ella contemplaba una piscina infinita.

Leo se había acercado sin que se diera cuenta y se sobresaltó al ver su reflejo en el cristal.

–¿Y bien? –insistió él. Había conseguido llevar la conversación a un terreno muy personal, y de pronto experimentó la necesidad de explorar todos aquellos lugares que ella intentaba ocultarle, lugares en los que el deseo y la lujuria quedaban encerrados.

–Yo... no sé –balbució, conteniendo la necesidad de apoyarse en aquel cuerpo fuerte.

Cuando se dio la vuelta descubrió que estaba más cerca aún de lo que se había imaginado, pero si daba un paso atrás, tropezaría con el cristal. Estaba atrapada.

El calor que emanaba su cuerpo le llegaba en oleadas y, como si fuera incienso, se le subió a la cabeza y le hizo sentirse mareada.

–No, no, no –la reprendió suavemente–. No se

pueden hacer declaraciones alegremente y después no respaldarlas. ¿Crees que debería haber salido con jovencitas a las que lo que más les guste sea pasarse una tarde hablando de libros?

Maddie se sonrojó e intentó imaginarse a Leo con una mujer que encajase en esa descripción y sinceramente no pudo encontrar a ninguna que no quisiera arrancarle la ropa cinco segundos después de sentarse en el mismo sofá que él.

–Bueno, serían preferibles a las mujeres a las que les gustas solo por tu dinero.

–¿Qué te hace pensar que las jovencitas a las que les gusta hablar de libros no me iban a querer por mi dinero? ¿No crees que se quedarían impresionadas con todo esto? –preguntó, abarcándolo todo con un gesto de los brazos, pero sus ojos azules seguían clavados en su cara–. Tú lo estás.

Maddie frunció el ceño y él se echó a reír.

–Pero sé que a ti no te atrajo el saldo de mi cuenta corriente, ¿no es así?

Maddie murmuró algo inaudible. La estaba atrapando en una esquina, un pelín demasiado cerca, mirándola con una pizca de sobra de intensidad, regalándola un ápice de más de humor sexy que no le resultaba cómodo.

¡El sexo no estaba en el menú!

–Eso me gustó mucho de ti... –murmuró, bajando la mirada.

Leo le hizo levantar la cabeza rozándola apenas con un dedo en la barbilla, y sus brillantes ojos verdes se encontraron con los azules de él.

De pronto se había transformado en una doncella

victoriana de las que se desmayaban al menor contra-
tiempo, la misma doncella victoriana que se había
derretido lo suficiente para meterse en la cama con él
incluso antes de que hubiera terminado de pedírselo.
¿Había sido una buena decisión, teniendo en cuenta
que la había llevado hasta allí, embarazada de su hijo?

Podía echarse todas las charlas que quisiera sobre
por qué no podía permitir que fuera su cuerpo el que
tomase las decisiones, pero en cuanto él hacía lo que
estaba haciendo en aquel momento, en cuanto la miraba así, se volvía toda lujuria y necesidad.

–Tú rompiste esa tendencia –continuó él en voz
baja, una voz que sonaba tan suave y rica como el
mejor chocolate–. Creíste que no tenía absolutamente nada y no te importó. De hecho, lo que te molestó fue pensar que tú podías tener más que yo.

–Desconfío de los ricos después de lo de Adam y,
además me educaron para que no le diera demasiada
importancia al dinero. Supongo que fue la respuesta de
mi madre a ser desheredada. Renunció a todo por amor,
así que no podía decirme a mí que lo único que importa
en la vida es el dinero, pero debió resultarle muy duro...
sobre todo al principio, cuando aún tenía fresco lo que
era tenerlo todo con tan solo chasquear los dedos.

–Como he dicho, tú rompiste esa tendencia.

Maddie se sentía hipnotizada por sus ojos y era
incapaz de apartar la mirada. Parpadeó varias veces
y se afianzó para resistir a la tormenta que se había
desatado bajo sus pies.

–Pobre Leo. Qué duro tiene que ser pasarse la
vida espantando mujeres que solo quieren hacer lo
que tú desees y meterse en la cama contigo.

Leo se echó a reír y retrocedió.

–Afortunadamente, estoy hecho de buen material y he descubierto que puedo manejar un dilema tan espinoso como ese bastante bien. ¿Quieres que te enseñe tu cuarto? Si quieres te puedes dar una ducha y comemos algo. Es tarde, pero tienes que engordar.

Arrancada de cuajo de su acalorado estupor, Maddie tardó unos segundos en darse cuenta de que Leo volvía a ser el de siembre, desenfadado y cortés, y le pareció que tarareaba una musiquilla al darse la vuelta y echar a andar.

Lo siguió. Solo había llevado una maleta, e iba a recogerla al pasar por el vestíbulo cuando él se la quitó de las manos.

–No estoy impedida, Leo –le dijo.

–A mi forma de ver, sí –respondió, sin hacer caso de su expresión seria y dedicándole una sonrisa que era, en resumen, una combinación de encanto y determinación–. Espero que esta te sirva.

Abrió una puerta que daba acceso a la habitación más maravillosa que había visto en toda su vida. Las contraventanas blancas de madera estaban cerradas, pero sabía que cuando se abrieran, la luz entraría a raudales porque cubrían toda una pared. La cama era de matrimonio y estaba envuelta con un delicado tul para los mosquitos.

La decoración, como en el resto de la casa, era en tonos pálidos: paredes crema, muebles ligeros de bambú y un enorme y mullido sofá amarillo pálido junto a una puerta que daba directamente a la terraza que envolvía la casa.

Leo se acercó a otra puerta y la abrió como lo haría un vendedor inmobiliario.

–Baño y salón –dijo, y Maddie se acercó a ver una estancia que tenía el tamaño de todo el apartamento que compartía en Sídney con su madre.

A través de un arco se llegaba a una zona de estar muy espaciosa, equipada con una enorme pantalla plana de televisión y todos los accesorios de una oficina, lo cual era el único indicador de que la villa se utilizaba casi siempre para trabajar.

–¿Crees que estarás cómoda? –le preguntó Leo, acercándose a la cama.

Maddie lo miró con la boca seca, e intentó poner orden en sus caóticos pensamientos porque verlo junto a la cama estaba resucitando toda clase de recuerdos desafortunados.

Entrecerró los ojos y se imaginó su cuerpo delgado, musculoso y desnudo tumbado sobre aquel edredón blanco.

–Es perfecta –dijo casi sin voz, abriendo la maleta para hacerle llegar el mensaje de que había llegado el momento de que se marchara.

–Si necesitas algo –le dijo, captando la indirecta y señalando a un timbre junto a la cama en el que ella no había reparado–, llámame.

–¿En serio? –sonrió, pensando en los criados antiguos, y sin pensar añadió–: ¿Y qué harías?

–Tú estás aquí para no hacer nada –le dijo, serio–, de modo que haría lo que tú quisieras.

Una carga eléctrica palpitó entre ellos.

–¿Ah, sí? ¿Harías la limpieza, y cocinarías para mí? –preguntó, reteniéndolo por pura perversión en el dormitorio cuando estaba claro que lo que más deseaba él era marcharse–. La verdad es que me cuesta imaginarte haciendo algo de eso.

–Lo de limpiar podría ser un problema –concedió divertido–, pero en cuanto a cocinar creo que estaría a la altura, aunque pienso que no habrá necesidad de hacer nada de todo eso teniendo en cuenta que pago a un personal para que se ocupe.

Por primera vez, la imagen de aquella situación tan doméstica no le hizo encogerse, sino que imaginársela a ella sentada en el sofá de su salón, con el vientre dilatado por el embarazo, mientras él le llevaba la comida, le resultó satisfactoria.

Nunca había cocinado nada que no llevara las instrucciones en el paquete que lo envolvía, pero estaba seguro de que podría preparar algo. Quizás en algún momento debería comprar un libro de cocina. ¿Quién sabía? Su vida estaba cambiando, e iba a cambiar todavía más cuando naciera el bebé. ¿Acaso podía certificar que no iba a pasarse las tardes en casa, con un delantal puesto, una espátula en la mano y delante de la cocina?

Sonrió. Cuanto más rápidamente se aceptase lo inevitable, mejor. Eso era un hecho.

Él era proactivo, creativo, un hombre buscador de soluciones, y no solía malgastar energía empujando piedras ladera arriba si lo más probable era que volviesen a caer ladera abajo.

–Claro –respondió ella.

–Aunque también podría aliviarlos de algunos de sus deberes culinarios.

–¿Y por qué ibas a hacerlo?

–Por necesidad –respondió sucintamente antes de

mirarla despacio y pronunciar lentamente–: descubrirás que soy un hombre que no acepta atajos en las cosas que le importan. Mi hijo estará en lo más alto de esa lista, y solo de vez en cuando será otra persona quien se ocupe de hacerle la comida.

–¿Ah, sí?

–¿Qué clase de padre crees que voy a ser?

–Pues la verdad es que no lo he pensado.

–Me extraña. Estoy convencido de que sí lo has pensado, como también lo estoy de que, en esos pensamientos tuyos, no saco precisamente matrícula de honor. Crees que sería un marido rico que nunca podría estar a la altura de lo que tienes en la cabeza, y que también sería un padre rico e inadecuado que piensa que el dinero puede ocupar el lugar del tiempo.

–¡Yo nunca he pensado tal cosa!

–Por supuesto que sí, y a riesgo de desilusionarte, voy a decirte que pretendo ser un padre de los que están presentes. Diseñaré mi vida de trabajo para acomodar a mi hijo. No me había imaginado nunca en el papel de padre hasta que no me encontré en esta situación, pero ahora que lo estoy, pienso poner en ello todo lo que tengo.

Esperó pacientemente a que Maddie lo digiriera. Casi parecía que él la conocía mejor que ella a sí misma.

Vale, quizás se había dejado llevar por los estereotipos, pensó Maddie, pero ¿desde cuándo las personas adictas al trabajo se interesaban por las cosas pequeñas? ¿Desde cuándo el soltero más codiciado del planeta se iba a lanzar entusiasmado a la rutina de los pañales?

–Así que no me vendría mal empezar ya a practicar con lo de la cocina, porque tendría que seguir haciéndolo aun después de haber encontrado a alguien.

–¿Encontrado a alguien? ¿De qué estás hablando?

–No pensarás que mientras tú recorres las calles en busca de tu príncipe azul, yo me voy a quedar sentado en mi casa alimentando el rescoldo de un matrimonio que nunca se va a materializar, ¿no?

Leo dejó que el silencio se asentara entre ellos como un trozo de plomo caería en las aguas quietas de un lago, generando ondas concéntricas en la superficie, transformando la quietud en un frenesí de movimiento.

–Por supuesto que no.

Su voz había sonado menos estable de lo habitual y se aclaró la garganta.

–¡Bien! –se alegró él, apoyado en el quicio de la puerta–. Porque no lo haré.

–Aunque no me parece aceptable que un niño se vea expuesto a un carrusel constante de mujeres entrando y saliendo de su vida –protestó–. Y por supuesto yo no tengo intención de andar cambiando de pareja constantemente delante de mi hijo.

–Tienes mi palabra de que yo también seré extremadamente discreto con mis relaciones.

La vio mover con nerviosismo las manos, y por un instante se dejó distraer por su boca entreabierta y por su respiración alterada. Era sorprendente la cantidad de gestos que había llegado a conocer ya de ella, como por ejemplo el modo en que se echaba hacia atrás el pelo de una forma que hablaba de orgullo y que resultaba inconscientemente sexy.

No tenía intención de agobiarla. De hecho se la había llevado hasta allí para todo lo contrario, pero tampoco quería pasar el tiempo que iban a compartir andando de puntillas y esperando pacientemente a que recuperase el sentido común.

Cuando volvieran a Londres y Benito regresara de su crucero, quería presentarle a la madre de su deseado nieto y que la fotografía estuviese completa: quería campanas de boda sonando en un futuro no lejano, aunque no fuese inminente. Sabía que Benito Conti se llevaría una desilusión muy amarga si le presentaba un escenario complicado de custodia compartida y derechos de visita.

—La única mujer que conocerá a nuestro hijo será la que llegue a ser su otra madre.

Un dolor sordo la atravesó de parte a parte y tornó de plomo sus piernas. De pronto se sintió enferma porque no había considerado en detalle semejante posibilidad, tan centrada como estaba en defender su posición y en no comprometer sus principios.

—Sé que estarás de acuerdo conmigo en que nuestro hijo se beneficiará de eso.

—Entonces, ¿no pondrías objeciones a que yo encontrase a otra persona?

—¿Qué iba a poder hacer?

Leo apretó los dientes.

—Como tú misma has dicho, así funciona el mundo últimamente, ¿no? Familias divididas e hijos que van constantemente de manos de su padre a las de su madre. Medio hermanos, padrastros y madrastras, con Navidades celebradas diez veces al año para que todo el mundo pueda disfrutarlas.

Maddie no contestó. Era consciente de que su estatus como posible pareja bajaba muchos enteros teniendo un hijo, pero el de él subiría como la espuma.

No había nada que a una mujer le gustase más que un hombre con un bebé. Hacía aflorar todo su instinto maternal. Si se añadía increíblemente rico y arrebatadoramente sexy a la mezcla, Leo se podría considerar afortunado si era capaz de dar dos pasos antes de encontrarse con una fila de ansiosas candidatas esperando una entrevista para el trabajo de segunda madre perfecta para su hijo. ¡El hijo de los dos!

–Pero ya basta de conjeturas –concluyó–. En el baño debe haber toallas, y hay más cosméticos en el armario que en una perfumería.

–De acuerdo.

–Yo seguiré trabajando desde aquí, aunque estoy seguro de que podré encontrar tiempo para enseñarte la isla, pero básicamente puedes hacer lo que te apetezca. Entra y sal cuanto quieras. ¿Has visto la piscina? Es preciosa. Tiene vistas al mar. Si necesitas lo que sea, pulsa el timbre.

Y con una sonrisa se marchó cerrando la puerta tras de sí. Solo entonces Maddie se dio cuenta de que tenía que obligarse a respirar.

Capítulo 9

H E PREPARADO un horario –fue el saludo de Leo al verla entrar a la cocina al día siguiente, poco después de las nueve.

–Deberías haberme despertado –contestó, olisqueando el aire y detectando el inconfundible olor del beicon–. Nunca me levanto tan tarde.

–Es importante que descanses –dijo, conduciéndola a una silla para que se sentara–. ¿Has dormido bien?

–¿Has... cocinado?

–Cocinar es una palabra demasiado importante. Digamos que he preparado algo. He pensado darle al personal de la casa unos días libres mientras estemos aquí. Al fin y al cabo, cuando sea padre, tendré que funcionar sin tener un equipo de gente detrás de mí recogiéndolo todo.

Había tenido tiempo para pensar. Estaba claro que a ella le disgustaba la idea del matrimonio como una transacción comercial. Quería romanticismo. Quería que el hombre perfecto la hiciese soñar. Él no era su hombre ideal, pero iba a mostrarle de qué madera estaba hecho en cuanto a afrontar sus responsabilidades.

Y también quería mostrarle qué parte de él encontraría atractivo cualquier otra mujer. Adiós al Leo mujeriego y hola al Leo padre dedicado con delantal y espátula.

–Bueno, y ¿qué has... preparado?

–Beicon, huevos y pan.

Puso dos platos en la mesa y siguió con lo que estuviera haciendo de espaldas a ella, con un paño de cocina colgando del hombro.

Estaba para comérselo, y Maddie no pudo evitar quedarse mirando. Llevaba unos pantalones cortos color caqui, una vieja camiseta, e iba descalzo. No era justo que se le hiciera la boca agua al contemplar a un hombre vestido con ropa vieja y con un paño de cocina sobre el hombro.

Añade un bebé en una trona junto a él y tendría que apartarlas con un matamoscas.

–¿Alguna vez habías hecho algo tan... ambicioso?

Leo colocó en la mesa un plato blanco con un beicon achicharrado sobre cuatro huevos fritos.

–El ensayo ha sido un problema –declaró, sirviendo también una enorme montaña de tostadas–, pero la práctica lo hará perfecto. Come. Necesitas nutrientes después del fiasco de tu cocina. Por cierto, esta mañana he recibido un correo. Van avanzando.

–¿Ah, sí? –se sirvió una tostada y una de las lonchas de beicon menos achicharradas–. Pero si solo ha pasado un día...

–Dije que lo solucionaría, y en un tiempo récord. Yo chasqueo los dedos y la gente salta. Vamos con el horario.

–¿El horario?

–No quiero que te aburras mientras estés aquí.

–Es imposible aburrirse en un lugar como este. Hay piscina y unos maravillosos jardines que explorar. Y me encantará perderme por el pueblo. No tienes que sentirte obligado a hacer nada por mí.

Leo se quedó inmóvil con el tenedor en el aire.

–¿Perderte por el pueblo?

¿Con ese vestidito de flores que la hacía parecer tan pura como la nieve recién caída y tan sexy como una sirena? Por encima de su cadáver. Nadie se imaginaría que estaba embarazada. No tardarían en rodearla.

–He preparado una excursión por la isla –dijo, ignorando lo que había dicho ella, y siguió comiendo–. Tengo un barco amarrado en una de las bahías protegidas. Nada espectacular.

–¿Tienes un barco aquí? ¿Para qué, si apenas usas la casa?

–Los invitados pueden usarlo siempre que quieran. ¿Qué tal nadas?

–No es que sea un pez...

–Creía que en Australia os pasabais la vida al aire libre.

–Aprender a nadar es caro, y he aprendido yo sola. Me manejo bien, pero no apostaría por mí en una corriente.

–Menos mal que voy a estar yo todo el tiempo. Soy un gran nadador.

Maddie elevó la mirada al cielo. Quedaba claro que estaba decidido a tratarla como a una inválida. Debería protestar, pero recibir tantas atenciones le estaba gustando.

Nunca antes le había ocurrido. Su madre la quería, pero estaba muy ocupada trabajando para llegar a fin de mes, y en los últimos años había sido ella quien requería atención.

Luego había llegado Adam, pero echando la vista atrás, se daba cuenta de que la había vestido como si fuera su muñeca, sin mostrar nunca que la quisiera por quien era, si no estaba adornada con la última moda y joyas caras. Solo había sido un adorno para llevar colgado del brazo. Nada más.

Y en su vida no había habido familiares de ninguna clase: ni hermanos, ni abuelos, ni tíos, ni primos, de modo que ¿qué mal había en aceptar algunos mimos de Leo?

—Llévate el bañador —dijo, levantándose de la mesa—. Te veo en la entrada en... ¿media hora?

—Tenemos que recoger la cocina.

—Déjalo —dijo, quitándole el plato de la mano—. Ya me ocuparé cuando volvamos por la tarde.

—¿Vamos a estar fuera todo el día?

—¿Tienes alguna cita a la que no puedas faltar?

—No, pero...

«No me hagas esto. No hagas que empiece a lamentar mi decisión».

—¿Y qué pasa con tu trabajo?

—Ya no recuerdo cuándo me tomé unas vacaciones por última vez. Unos días libres no me van a matar. Y, de todos modos, me mantendré en contacto por correo.

Fue un alivio constatar que no iban a tener que pasar por otra comida socarrada al mediodía, porque cuarenta minutos después pasaban por un restaurante del pueblo en el que recogieron una cesta de picnic y unas bebidas frías.

Hacía calor. El sol pegaba fuerte desde un cielo turquesa y sin nubes, y la isla era tan pequeña que era posible ver el mar desde cualquier punto al que los llevase.

Filas interminables de cocoteros festoneaban la delgada cinta de carretera como soldados firmes en un desfile. A cada poco, un fogonazo de azul, y después de unos veinte minutos de conducción, una cuesta bajo y una pequeña cala.

Era una playa privada, pequeña pero perfecta.

Entre los cocos había una cabaña, y amarrado a un lado estaba el barco del que le había hablado.

–¿Cuántas propiedades como estas tienes? –le preguntó cuando la ayudaba a bajar del Jeep.

–Unas cuantas. Todas por inversión, y algunas con más uso que otras.

–¿No te cansas de Londres? ¿No te apetece escaparte a un sitio como este?

–Nunca se me ha dado bien lo de escapar –confesó, y le apartó un mechón de pelo de la cara.

–Habiendo nacido con dinero... –se agachó para quitarse las sandalias y Leo contuvo la respiración. El bañador negro que llevaba marcaba sus pechos, ahora más llenos por el embarazo. Maddie apartó la mirada y movió rápida los pies porque quemaba la arena–, has debido tener muchas oportunidades de hacer lo que hayas querido.

–He debido nacer con el gen de la responsabilidad super desarrollado. La arena quema –dijo, tomán-

dola en brazos para llevarla hasta la cabaña–. Tienes
que darte mucha protección solar. Yo voy por la
cesta. Podemos relajarnos un poco antes de sacar el
barco.

Maddie lo miró en silencio. Seguía haciéndolo.
Solo le hablaba de lo que quería que supiera. Nunca
nada personal. Ojalá pudiera meterse en su pensamiento y desvelar todos sus secretos. ¡Él lo sabía
todo de ella!

–De acuerdo.

La cabaña era pequeña pero exquisita, y en uno de
los dormitorios se quitó el vestido, se puso un pareo
y se aplicó la protección solar.

Allí había un espejo de cuerpo entero, y la imagen
que le devolvió era la de una chica radiante. Piel
bronceada, cabello casi hasta la cintura y una ligera
pero definitiva curva en el vientre.

Parecía... feliz. Estaba embarazada después de
una sola noche, la casa que había heredado estaba
desmantelada y la responsabilidad de llevar una
tienda era un peso tremendo, porque de ella dependía
el medio de vida de muchas personas y, sin embargo,
estaba feliz.

Feliz de estar allí, con un hombre que no estaba
enamorado de ella y que nunca lo estaría. Feliz tan
solo de estar junto a él.

Un pensamiento que la intimidaba y que acele-
raba el latido de su corazón, porque solo podía haber
una razón para todo eso: Leo no la quería, pero no
por eso tenía prohibido enamorarse de él... porque

eso era lo que había pasado. Se le había metido bajo la piel, y ya no podía echarlo.

Aun pensativa, salió. Leo lo había preparado todo a la sombra de los cocoteros. Fina arena blanca llegaba hasta un agua clara como el cristal y tan azul como el cielo que la miraba desde lo alto... piedras y cocoteros abrazando la cala... el barco pintado de colores brillantes balanceándose en el agua... y Leo, sexy, guapo y dispuesto a prepararle el desayuno porque necesitaba cuidados.

Su experiencia con los hombres había empezado con su padre, un hombre que había abandonado a su madre nada más saber que no llevaba consigo la dote que él esperaba. Y luego Adam, que la había tratado como a un maniquí, y que después la había dejado en la estacada cuando la habían acusado del robo porque estaba convencido de que alguien de su clase no podía tener principios.

Pero, a pesar de esas experiencias, había depositado mucha fe en el amor. ¡Si hasta había rechazado la proposición de Leo porque no la quería!

Pero no se había dado cuenta en un principio que rechazarlo implicaba muchas cosas, además del hecho de que no estaría en su vida en cuanto naciera el bebé.

Leo se volvió y la encontró mirándolo pensativa. Ella rápidamente apartó la mirada, pero no lo bastante como para no darse cuenta de la mirada que él había dirigido a su vientre.

–¿Te has puesto la protección solar? –le preguntó.

Recordó que no debía sentir resentimiento porque su preocupación se dirigiera únicamente al bebé, de modo que asintió sonriendo.

–Es casi un delito salir sin protección solar en Australia. Veo que estás preparado a conciencia para un día en la playa.

Una toalla gigante, la cesta, las toallas pequeñas dobladas como una salchicha...

–Voy a meter dentro la comida –contestó–. ¿Qué te parece si salimos a navegar?

–¿Estás seguro de...?

–¿De ser un buen marinero? Por supuesto –sonrió–. Estarás a salvo conmigo.

«Yo sí, pero mi corazón, no».

Entró en la cabina y salió al instante para ofrecerle la mano.

Maddie sintió un escalofrío cuando sus manos entraron en contacto y luego, cuando la acomodó bajo el toldo, antes de ocupar el timón.

Se recostó y cerró los ojos, y cuando el barco se puso en movimiento lentamente sonrió, dejando que el viento le alborotase la melena.

El motor hacía demasiado ruido para poder hablar y lo agradeció, porque necesitaba pensar. Necesitaba hacer algo con la quemazón que le abrasaba la cabeza. Tenía que poner en orden sus pensamientos.

Tenía que preguntarse si había tomado la decisión adecuada rechazándolo, y si era demasiado tarde para cambiar de opinión.

Entreabrió los ojos para beberse su figura. Se había desabrochado la camisa y el tejido volaba tras él, dejando al descubierto su torso perfecto y moreno. Llevaba un bañador suelto subido solo hasta las caderas, gafas de sol, y manejaba el timón con una sola mano.

Mirarlo la dejaba sin respiración.

A ella, y a cualquier mujer.

Si estuvieran casados, no tendría que pasar por el dolor de ver cómo se adueñaba del corazón de esas otras mujeres.

Se acercó a él y le pasó un brazo por la cintura.

Leo se quedó inmóvil, pero no la miró

–En unos minutos echaremos el ancla. Si no te sientes segura en el agua, puedes quedarte al lado del barco. La escala estará echada y podrás subir en cualquier momento si te pones nerviosa. Tampoco es necesario que te metas en el agua, aunque... espero que lo hagas –dijo. Su olor le estaba excitando–. Aquí está buenísima. Y si te sientes valiente, podemos ponernos unas aletas y un tubo y ver qué hay.

–¿Debería tener miedo?

–Si yo estoy a tu lado, nunca.

Paró el motor y quedaron en silencio. Cuando la miró, se hacía sombra con la mano ante los ojos y lo miraba.

–Tú haces que me sienta segura –confió–, y es la primera vez que voy a decirte esto, pero te agradezco sinceramente todo lo que estás haciendo por mí ahora que estoy embarazada.

Leo se preguntó si sería consciente de lo que ese brazo le estaba haciendo, lo mismo que la mirada de aquellos ojos verdes.

–¡Bien! ¿Nadamos? –sugirió, y se dio la vuelta antes de que la erección fuera imposible de ocultar y se detuvo en la borda del barco, desesperado por sentir el agua fría en su libido.

–¡Genial! –se rio, se desató el pareo y se volvió a él con una sonrisa.

Era la criatura más hermosa que había visto nunca, y Leo se lanzó al agua antes de que se le pudiera escapar un gemido de deseo. Nadó bajo la superficie y emergió sacudiéndose el pelo.

Ella estaba bajando las escaleras y nadando hacia él.

–¡Mira cómo lo hago! –exclamó, pero se agarró a su cuello brevemente antes de soltarse y volver nadando como un perrito hasta la escalera–. Esto es todo lo que sé hacer.

–Agárrate a la escalera, que voy por los tubos. Hay un salvavidas al que puedes agarrarte para que no te sientas insegura.

–No lo voy a necesitar –bromeó, agitada–. Estando tú aquí, no. Has dicho que puedo confiar en ti.

«Demonios, otra vez lo estaba haciendo. Vuelve a excitarme aun cuando está claro que no es lo que pretende».

Cinco minutos después nadaban con los tubos puestos, y claramente Maddie se lo estaba pasando de maravilla. Era raro que no lo hubiera hecho antes, sobre todo porque vivía en el país de la Gran Barrera de Coral y su exótica vida submarina.

Iba ganando confianza, y solo aceptó a volver al barco cuando Leo le indicó el tiempo que llevaban ya en el agua.

–Ha sido increíble –confesó ella agitando la melena antes de recogérsela en un moño que colgaba por su espalda como una maroma dorada–. ¡Podría repetirlo todos los días!

Leo sonrió.

–Entonces, algo tendremos que hacer –bromeó él, secándose y dejándose la toalla encima de los hombros.

Sus miradas se encontraron y Leo no la apartó. Ella, tampoco.

Cuando se acercó a él, despacio, porque un barco no era la superficie más estable del mundo, Leo no movió un solo músculo. Se limitó a esperar. Tan inmóvil y atento como un animal de la jungla.

–No deberías –le dijo cuando se detuvo delante de él.

–¿Qué no debería?

–Quedarte ahí mirándome como si quisieras que te desnudara y te hiciera el amor aquí mismo.

Maddie sintió timidez de pronto y bajó la mirada. Estaba embarazada de él. ¿Por qué sentirse tímida?

–¿Es eso lo que quieres, *cara?* –preguntó, empujándola suavemente por la barbilla y mirándola a los ojos–. ¿Quieres que haga esto?

Con un dedo rozó el borde de su bañador y ella se estremeció, ahogando un gemido.

–¿Y esto?

Metió los dedos debajo de los tirantes del bañador y muy despacio los bajó, observándola atentamente.

Entonces fue él quien ahogó un gemido de puro placer cuando sus pechos quedaron desnudos, orbes pálidos con unos deliciosos pezones sonrosados, más grandes y más oscuros ya, y se sorprendió de ver que le temblaban las manos al rozarlos con la yema de los pulgares.

–¿Es esto lo que quieres? –le preguntó una vez más. Necesitaba quitarle el bañador del todo, pero dudaba–. Porque es lo que quiero yo...

Maddie asintió y Leo hizo lo que tanto deseaba: le quitó el bañador y se centró en su cuerpo, saboreándolo, recorriéndolo de arriba abajo mientras ella permanecía de pie, agarrada al poste de acero que sujetaba el toldo. Tenía la cabeza echada hacia atrás y la boca entreabierta emitiendo un sonido grave y gutural, un sonido que se volvió más intenso cuando su boca alcanzó la unión entre sus piernas y se hundió allí, abriendo delicadamente los pliegues de su feminidad para poder meter la lengua en su húmeda gruta.

Maddie se agarró a su pelo, arqueó la espalda y disfrutó, abriendo más las piernas para darle acceso a su lengua, moviéndose a su ritmo hasta llegar a un clímax que fue toda una explosión que la hizo retorcerse y gritar mientras la brisa marina le agitaba el pelo.

–No puedo dejar de desearte –le confesó, aferrándose a él y dejándole hacer cuando la tomó en brazos para bajar la escalera a la pequeña zona de estar del barco. No había cama, pero sí un banco entelado en el que la dejó para poder contemplarla.

–Yo tampoco a ti –contestó.

No conseguía quitarse la camisa y el bañador con la suficiente rapidez, y tampoco podía apartar la mirada de su rostro arrebolado. Se sentía cautivado por el modo en que lo miraba, por su vientre hinchado.

–¿Corremos algún riesgo? –preguntó, tumbándose junto a ella.

–¡Por supuesto que no! –se rio, y lo besó en los labios–. Te necesito, Leo. Necesito sentirte dentro de mí...

No hizo falta más. Solo un poco más de juego previo. Solo lamer sus pechos y jugar entre sus muslos. Quería consagrar más tiempo a todo ello, pero no podía porque sus ansias animales eran demasiado intensas.

Era su mujer, llevando dentro a su hijo. Un sentido de posesión y orgullo lo atravesó al penetrarla, poseyéndola con movimientos largos y fuertes, esperando a que ella llegase a su orgasmo para derramarse en su interior y gritar de placer y satisfacción.

Nunca antes había experimentado algo así. No podía dejar escapar a aquella mujer. No podía dejar que otro hombre tuviera en los brazos el niño que llevaba dentro. El único que iba a tenerlo en los brazos iba a ser él.

–Cásate conmigo, Maddie.

El silencio se extendió unos segundos y luego Maddie asintió.

–De acuerdo.

Leo le dedicó una sonrisa lenta que la dejó sin aliento.

–¿Has cambiado de opinión? –quiso saber, porque necesitaba oír por qué había llegado a pensar como él.

–He cambiado de opinión. En un mundo ideal, no es así como imaginaba mi vida, es decir, casándome con un hombre por el bien de un bebé. Pero no vivimos en un mundo ideal, y tenías razón en que debería ser la primera en reconocerlo. He visto lo dedicado que puedes llegar a ser, Leo. Serás un gran padre, y eso me basta.

En realidad nunca iba a bastarle, pero tendría que acostumbrarse. Y con el tiempo... ¿quién sabía? Quizás llegase a quererla del modo en que ella lo quería a él.

–¿Estás segura? –sus ojos azul marino parecían dudar–. ¿Estás segura de que puedes ser feliz sin la historia del cuento? Yo no estoy hecho para enamorarme, Maddie.

Había tomado una decisión y no iba a cambiar de opinión. Adoraba a aquel hombre, y siempre alimentaría la esperanza de que su corazón acabase abriéndose a ella, pero nunca dejaría que lo viera. Él quería una transacción comercial, y eso era lo que iba a tener.

–Lo sé –dijo, y se encogió de hombros–. Puede que yo tampoco, pero ahora ya basta de charla. ¿Te he dicho que no puedo saciarme de ti?

Maddie recogió el rastro de ropa que había por el suelo de la habitación. Leo, aun en la cama medio dormido, la miraba tras una sesión de sexo matinal altamente satisfactoria.

–Eres muy desordenado, Leo. ¿Es una de las malas costumbres por venir de una familia rica? Estás tan acostumbrado a que haya alguien que recoja después de ti que se te ha olvidado cómo se hace, ¿no?

Pero su voz sonaba liviana y jocosa. Los últimos

tres días habían sido los mejores de toda su vida. Leo había hecho que se sintiera tan segura, tan a salvo, tan querida. Sabía que era peligroso, pero sentía que había algo entre ellos. Decía que no hacían el amor, pero algo tenía que sentir para mostrarse tan atento y tierno. ¡Seguro!

Recogió sus pantalones chasqueando la lengua y los sacudió. Su cartera cayó al suelo, se abrió y dispersó su contenido. Tarjetas de crédito, tarjetas de visita, dinero y...recogió la fotografía que se había caído junto con todo lo demás y la miró a la luz.

Mirándola desde el papel, había una mujer rubia con labios gruesos y brillantes y risueños ojos azules que parecían saber muchas cosas. Había también una innegable sensualidad. La mujer miraba a quien le estaba haciendo la foto y tenía los labios entreabiertos, tentadores.

Maddie se estremeció. Lo supo sin ninguna sombra de duda. Se acercó a Leo, que se había levantado, y se la mostró.

–¿Quién es?

Leo la tomó sin mirarla y la dejó en la mesilla.

–Es mi exmujer.

Capítulo 10

TU EXMUJER –repitió Maddie, seca. Cruzó los brazos y el color abandonó sus mejillas más rápido que el agua por un desagüe–. Estuviste casado. ¿No te parecía que era algo lo bastante importante como para decírmelo?

Leo estaba desnudo, y agarró la primera prenda que encontró cerca, que resultó ser sus calzoncillos, y se los puso.

–No veo en qué puede afectarnos.

Su voz sonó átona y fría, algo que revelaba mucho más que las propias palabras.

La mujer de la foto era su esposa, una mujer que tanto había significado para él que no podía pronunciar ni su nombre. Esa era la razón misteriosa por la que no estaba interesado en el amor: porque ya lo había sentido antes. Ya había entregado su corazón a alguien y no podía ofrecérselo a nadie más.

Todos los sueños, todas las esperanzas de que el tiempo obraría su magia y germinaría en él la clase de amor que ella sentía habían sido castillos en el aire, ahora borrados por la triste realidad.

–¿Que en qué puede afectarnos?

Maddie lo miraba incrédula.

–Es pasado.

–¿Y no te parece que es un pasado del que deberías haberme hablado? Tú lo sabes todo sobre mí.

–Tú decidiste contármelo –puntualizó.

–Decidí compartir mi pasado contigo.

–¿Y con eso quieres decir que debería devolverte el favor?

–Es lo que haría una persona normal.

–¿A estas alturas no te has dado cuenta aún de que yo no me rijo por las mismas reglas que todos los demás?

Sí. Sí que se había dado cuenta. Pero había elegido ignorarlo.

Se puso el vestido y se quedó mirándose las uñas de los pies, que la noche anterior se había pintado de un pálido rosa.

–¿Dónde está ella ahora? –preguntó.

–Las cosas no funcionaron.

–¿Las cosas no funcionaron, y sigues llevando una foto suya en la cartera?

¿Qué clase de respuesta era esa? ¿Qué quería decir? Estaba claro que lo que fuera lo había hecho sufrir, y le había dejado hondas cicatrices.

–¿Adónde quieres llegar con todo esto, Maddie? Esa parte de mi pasado no tiene nada que ver con nosotros. Tienes que confiar en mí.

Maddie se tragó el dolor. Había accedido a casarse con él, y lo quería. Tenía un pasado, igual que ella lo tenía, y casarse con él implicaba vivir con ello y saber aceptarlo, pero no podría vivir sin él.

Sabía lo que ocurriría si se metía en una pelea por este tema: desaparecería. Se largaría a su despacho, o con el coche a una playa, o al jardín... a cualquier parte

en la que no estuviera ella, porque lidiar con su histe-
ria o con sus celos no formaba parte de su acuerdo.

–Voy a darme un baño –dijo ella.

Leo asintió, pero no dijo nada. ¿Qué podía decir?
Había cerrado la puerta a ese capítulo de su pasado y
no iba a volver a abrirla. ¿Para qué serviría?

No esperó a que Maddie saliera. Se puso el bañador, se metió en la piscina e intentó desgastar su inquietud haciendo largos y más largos hasta que le
dolieron todos los músculos del cuerpo.

Cuando volvió a casa, la encontró en la cocina,
aparentemente normal.

–¿Dónde estabas? –preguntó ella, poniendo una
sartén al fuego con un poco de mantequilla, lista para
los huevos que estaban sobre la encimera.

Se las arregló para actuar como si no pasara nada.
Incluso le sonrió.

–Voy a preparar unos huevos de los que hemos
comprado esta mañana en el mercado.

Leo la miró intentando descubrir cuál era su estado de ánimo, pero se encontró un tanto desconcer-
tado. Si su silencio le había hecho daño, se había
recuperado rápido.

–Estupendo. Estaba en la piscina.

Por primera vez experimentó indecisión. ¿Debería sacar de nuevo el tema de Claire? No era propio
de él dar marcha atrás en una decisión una vez to-
mada.

–Hace un día precioso –dijo alegremente y con
una brillante sonrisa.

Parecía sacada de *Las esposas de Stepford*. Solo
le faltaba el delantal.

—El desayuno estará listo en unos cinco minutos. ¿Te da tiempo a cambiarte?

Leo murmuró algo y desapareció. Volvió cinco minutos después con unas bermudas azul claro y una camiseta blanca, descalzo como siempre.

Apretó los dientes y se preguntó por qué narices iba a sacar un tema que había jurado evitar tan solo unos minutos antes.

—Sobre Claire...

Maddie lo miró muy seria. ¿De verdad quería hablar de su ex? ¿Creía que ella quería que le contase cómo se había entregado a una relación que no había funcionado? ¿Necesitaba una explicación de por qué ya no podría volver a entregarse?

De ningún modo. No solo sería una daga en el corazón, sino una daga que alguien giraría sobre sí misma para causar el mayor daño posible.

—No.

—¿No?

—No quiero hablar de ella. Como dijiste, es tu pasado y estamos viviendo en el presente. Los dos sabemos por qué has accedido a este... acuerdo. Los dos sabemos que no es la clase de boda con la que sueñas, pero es lo correcto. Eso lo sé. Ya te he dicho que he visto el buen padre que puedes llegar a ser, y es posible que no seamos una pareja tradicional, con todas sus esperanzas y sueños, pero nos llevamos bien y eso es lo más importante.

Dicho así, sonaba bastante mal, pero entonces pensó en su vida sin Leo, y el horror de la imagen la reafirmó en su decisión de hacer lo que estaba haciendo. Él nunca la querría, pero ella lo amaría siempre.

–Estoy deseando ver la cueva esa de la que me has hablado –dijo Maddie para cambiar de tema.

Otra deslumbrante sonrisa. Empezaba a dolerle la mandíbula de tanto sonreír.

Leo le dio un beso en la punta de la nariz.

–Y después, de vuelta a Dublín –añadió, pensando en la casa que había dejado atrás y que ya estaba en orden porque Leo le había ido enseñando los avances hechos cada día. Solo quedaba la última planta por adecentar.

–Pero no como antes. Esta vez, volveremos a Dublín como pareja.

Maddie tuvo que tragar saliva.

–Sí. Como pareja.

Hubo de pasar otras dos semanas y media más para que Maddie pudiera subir por fin al ático. Con la ayuda de Leo, todo lo que en un principio parecía difícil y extremadamente laborioso, se había vuelto accesible.

La casa estaba casi terminada y en la tienda se había contratado personal nuevo y se había empezado con la renovación. Su trasnochada elegancia estaba siendo reemplazada por una visión modernista, pero la tienda iba a seguir siendo lo que era.

El desván era el último territorio inexplorado de la casa y en aquel momento, siendo poco más de las seis de la tarde, Maddie estaba sentada en el suelo rodeada de trastos.

Cajas de facturas antiguas, recibos, trozos de papel con nombres varios que resultaron ser de caballos o perros por los que su abuelo había apostado. Y también fotos. Maddie se tomó su tiempo para irlas viendo una a una. Fotos de su abuela, de su madre...

No se dio cuenta de que Leo había llegado y había subido a buscarla.

—Puedes ayudarme —le dijo al verlo entrar.

Venía directamente del trabajo. Ya había encontrado donde instalar sus oficinas, y todo se había concluido con velocidad supersónica. Su fe en el poder del dinero no se equivocaba.

—Vale. Pediré que vengan a vaciar todo esto. Jamás había visto un desorden como este.

—He encontrado algunas fotos. Mira.

Se sentaron juntos a verlas, maravillándose por el pasado que se desarrollaba ante sus ojos. Su madre había sido bastante guapa, igual que sus abuelos.

—Todo empeoró con la muerte de tu abuela —dijo Leo.

—¿Te lo contó tu abuelo?

—Ya había mala sangre entre ellos antes, con lo de la compra de la tienda, pero creo que hubo correspondencia entre los dos un tiempo después. Cuando tu abuela falleció, el viejo tomó otro camino.

—No me lo habías contado —respondió un poco ausente, repasando las fotos hasta encontrar un pequeño mazo de sobres. Unos cinco.

La escritura de su madre estaba en ellos y Leo quiso quitárselos para que no los leyera.

—Maddie...

Pero ya había abierto el primero y se asomó por encima de su hombro para poder leerlo. Lissie Gallo rogaba a su padre que la perdonara. En las demás debía haber poco más o menos lo mismo.

—Leo —susurró ella, volviéndose a mirarlo—, yo creía que...

—Lo sé —respondió él, muy serio.

Y con suavidad le apartó el pelo de la cara. La mirada se le había quedado fija en un punto y le temblaban los labios. Si aquel viejo bastardo hubiera estado vivo aún, no habría visto la luz del siguiente día.

—¿Lo sabías?

Él asintió.

—Sí —confesó—. Tommaso y mi abuelo hablaron hace mucho, seguramente poco después de que tu madre llegase a Australia, quizás precisamente para librarse de la atmósfera tóxica de la casa. Tommaso nunca se recuperó de la muerte de Susan. Mi abuelo se puso en contacto con él para comprarle la tienda, y no te voy a repetir las palabras exactas con las que le contestó, pero ya te lo imaginarás.

—Que nunca le vendería la tienda, igual que nunca perdonaría a mi madre, aunque ella se lo suplicó. Todo fue muy duro en Australia. Trabajó hasta despellejarse las manos para mantenernos a las dos, y él se negó a darle nada.

—Era un bastardo.

—No me lo habías dicho.

—Tú tenías tu sueño y yo no iba a destrozártelo.

—No quiero la tienda —susurró—. Nunca fue un legado de amor.

—Eso no lo sabes —suspiró—. Las cosas cambian

cuando te enfrentas a la de la guadaña. Quién sabe lo que pasó por la cabeza de tu abuelo al redactar su testamento.

–¿Tú crees?

–Sí, lo creo. Tu madre era muy testaruda, igual que él, y aunque no fue capaz de perdonarla, debió sufrir por ello toda la vida. Por eso el juego y el alcohol.

–¿Por qué no quisiste decirme nada?

–Porque no quería hacerte daño, Maddie –respiró hondo–. Nunca podría hacerte daño –añadió con voz ronca.

La luz del desván era muy escasa, apenas unos rayos de sol que se colaban por las ventanas de tejado.

–Tengo que hablarte de mi exmujer. De Claire –dijo, mirándola de frente.

–No, Leo, por favor. Yo... no lo hagas. Entiendo cómo te sientes. Las cosas no salieron bien y te duele tanto que no puedes soportar hablar de ello. Amaste y perdiste y, para no olvidar, llevas una foto en la cartera. Lo entiendo. Y no necesito conocer los detalles –sonrió–. No quiero tener un exceso de información.

–Qué boba –dijo con ternura–. ¿Eso es lo que piensas?

–¿Qué otra cosa puedo pensar? Nadie lleva una foto de una persona que le importa un comino.

–Llevo la foto como recordatorio del error más grande que he cometido en mi vida –confesó, y Maddie abrió los ojos de par en par–. Era joven y arrogante, y me enamoré de una mujer mayor que yo. Un cliché, ya ves. El rico era yo, así que podía conseguirla, pero resultó que era una cazafortunas que me había localizado en el momento oportuno para colocar las plumas en el nido. Y siendo yo rico y tonto, mordí el anzuelo, el hilo y la caña. Me casé, y la cosa duró unos dos segundos. Ha sido el error más caro que he cometido. Se llevó el dinero y consiguió un jugoso divorcio, y después...

—¿Tiraste la llave de tu corazón?

No quería dar alas a la esperanza, pero no podía contener la alegría de descubrir que sus sospechas eran infundadas.

—Tiré la llave, sí. Y me pareció que era lo mejor. Nada de amor, ni de fingir que era capaz de sentirlo. Pero no contaba con que aparecieras tú.

—Dilo otra vez... —le pidió, y contuvo el aliento.

—No contaba con que aparecieras tú. No contaba con enamorarme. Enamorarme de verdad. Enamorarme hasta el punto de que no puedo concebir mi vida sin ti, Maddie. Tan enamorado que, si alguien intentase hacerte daño, lo mataría.

—Leo... —susurró, y lentamente una sonrisa de felicidad se abrió paso—. He soñado con lo que te estoy oyendo decir. Te quiero muchísimo —confesó, rozándole la mejilla con un dedo—. Sabía que tú querías una relación pragmática, y precisamente eso era lo último que yo quería, pero también era consciente de que mejor tener eso que nada. Jamás me imaginé que me enamoraría de ti, y menos aún después de todo lo que he pasado, pero ocurrió. Poco a poco me fui dando cuenta de lo maravilloso que eres como persona: reflexivo, tierno, considerado, divertido...

–Brillante, sexy...

–Egoísta, desordenado, el peor cocinero que conozco... el recuerdo de la carne que me preparaste la semana pasada permanecerá indeleble en mi recuerdo.

–¡Eh! ¡Te has pasado! –se rio–. Me pondría de rodillas, pero ya estoy sentado. ¿Quieres casarte conmigo? Por las razones que importan. Porque te quiero, te necesito y no puedo vivir sin ti.

–¡Intenta impedírmelo! –exclamó echándose a su cuello.

Estaba viviendo su propio cuento de hadas. ¿Quién había dicho que no podía hacerse realidad?

La boda fue íntima. Los dos quisieron intercambiar sus promesas antes de que naciera el niño, así que en menos de tres meses Maddie, abiertamente embarazada ya, recorrió el pasillo central de una pintoresca iglesia de las afueras de Dublín.

El abuelo de Leo, sonriendo orgulloso, asistió acompañado de una amiga con la que, según le confió, había estado saliendo intermitentemente durante más de año y medio.

–No se lo he comentado a Leo porque soy un viejo anticuado y ya sabes tú lo pragmático que es mi nieto. Menos mal que todo eso ha cambiado gracias a ti. En cuanto te conocí supe que estabas destinada a cambiarlo para mejor. Bueno, para mejor quizás no sea la palabra, porque nadie podría acusar a Leo de no ser un hombre de honor. Suavizarlo sería mejor.

Maddie no le dijo que no había sido necesario

cambiarlo porque en realidad siempre había llevado a un chico muy sensible en su interior.

Ya tenían la tienda en marcha. Había escuchado sus ideas para introducir un departamento de electrónica que respondía a su idea original, pero mucho más reducido. Con el tiempo buscaría otro local adecuado y allí expandiría sus operaciones. El resto había dejado que lo decidiera ella, excepto una idea que había tenido y que a Maddie le había hecho reír de lo lindo: que le dejara elegir a él la lencería femenina.

–Funcionaría como un reloj –le dijo una noche, estando los dos calentitos y saciados, abrazados en la cama después de haber hecho el amor–, si te pruebas tú todos los modelos para que yo los inspeccione.

La tienda los había unido y ahora era algo muy especial para Maddie, más que cemento y piedra, y lo sería para siempre. Tanto ella como Leo esperaban que pasara a ser un legado que poder dejar a sus hijos, y a los hijos de sus hijos. Una historia feliz y maravillosa, a pesar de unos comienzos nada halagüeños.

Para la luna de miel se fueron a un hotel de cinco estrellas de Cornwall, y pasaron unos días maravillosos bajo la lluvia y los cielos grises, envueltos en prendas de lana y paseando de la mano como si hubieran hecho el más exclusivo de los viajes a las Maldivas.

Por el momento, habían buscado para vivir una preciosa casita cerca de la iglesia en la que se habían casado. Seguían teniendo el piso de Leo de Londres y la casa de Maddie, pero no se sentía a gusto en ella. Había perdonado el pecado de orgullo a su abuelo, pero no podía olvidar. Además, Dublín había acabado por enamorarlos.

Flora Madison Conti nació tres días después de que su madre saliera de cuentas en un parto completamente normal, un bebé de cabello oscuro, ojos verdes y naturaleza apacible, que llevando apenas unas horas en este mundo, ya era la niña de los ojos de su padre.

Su verdadera luna de miel, a la que se fueron cuando Flora tenía ya tres meses, resultó tan perfecta como Maddie pudiera haber soñado, y mejoró aún más cuando recibió la noticia de que, por primera vez en más de una década, la tienda daba beneficios.

Si su madre pudiera verla, se sentiría llena de orgullo porque su hija se hubiera casado por amor... y porque dirigiera la tienda de la que una vez ella había tenido que exiliarse.

Flora estaba dormida, Maddie en la cocina de su preciosa casita y esperaba que en cualquier momento llegase su esposo, macho alfa domesticado.

Oyó la llave en la cerradura y el sonido de la puerta al abrirse, y el corazón le dio un vuelco. Leo entró y la miró con una sonrisa. Allí sentada, con su larga cabellera color caramelo recogida sobre un hombro y su piel dorada irradiando salud, era la viva imagen de lo que cualquier hombre podía desear.

Era afortunado y lo sabía. Se había resignado a una vida sin amor y no podía creer lo inocente que había sido pensando que habría podido ser feliz en una unión que no lo tuviera.

–¿Duerme la niña?

–Sí... –se levantó para ir hacia él. El pulso se le aceleró con cada paso y sintió que los senos empujaban contra el sujetador–. Y he preparado algo especial para cenar.

–Dime que no me he olvidado y que hoy es un día especial... ¿el aniversario de la primera vez que pensaste que era un vagabundo? ¿O quizás el de la primera vez que te diste cuenta de que estabas locamente enamorada del único hombre al que ibas a necesitar en tu vida?

Y, apretándola contra su cuerpo, la besó apasionadamente.

–Qué dulce –murmuró–. Como un néctar. ¿Crees que esa comida tan especial podría esperar?

–¡Leo!

Pero se rio cuando le quitó el sujetador y sostuvo su pecho en la mano como si lo estuviera pesando.

–¿Me estás rogando que hagamos algo? Porque si es así, tus deseos son órdenes para mí.

–¿Es que no sabes pensar en otra cosa?

–Es en lo único que pienso desde... veamos... las tres de esta tarde. Muy inapropiado, por cierto, ya que estaba en una reunión de alto nivel –dio un paso atrás para contemplarla–. Pero también pienso en otras cosas –añadió, más serio–. Pienso en lo mucho que me gusta estar casado contigo, y en lo condenadamente feliz que me haces. Pienso en lo mucho que me gustaría envejecer contigo y compartir mi vida contigo. Y pienso en la preciosa niña que tenemos.

–Mucho pensar para un ejecutivo como tú –se rio.

–Y no solo eso –dijo, mientras caminaban hacia su dormitorio de la primera planta, al lado de la habitación donde dormía Flora.

–¿Ah, no?

Entraron y Leo cerró la puerta, pero no encendió las luces.

Maddie comenzó a desabrocharle los botones de la camisa hasta que pudo poner las manos sobre sus pezones y acariciarlos con la yema de los dedos, haciéndolo estremecer. Cuando puso la mano sobre la erección que pugnaba por salirse de los pantalones, gimió.

—Dime en qué más has estado pensando —sugirió, tomó su mano y la dirigió hacia su vientre, por debajo de la falda, animándolo a explorar bajo las bragas en encaje, a sentir su humedad.

—¿Quieres decir aparte de lo que deseas que te haga en este momento?

Metió la mano bajo sus braguitas y comenzó a frotar entre sus piernas con la mano abierta. No tenía prisa. Siguió frotando antes de hundir un dedo dentro de ella, disfrutando de sentir cómo sus músculos se contraían.

—Sigue así y no me acordaré de lo que estábamos hablando —respondió ella con la respiración entrecortada.

—Vale... —contestó, al tiempo que buscaba su centro del placer y transfería allí sus atenciones—. Esto es lo que he estado pensando: ¿qué te parecería si hiciéramos otro bebé, cariño? Ahora mismo, por ejemplo.

Maddie se rio, suspiró y sintió temblar su cuerpo, mientras él devastaba sus sentidos con el dedo.

—Y por eso te adoro —respondió—. Me lees el pensamiento.

Bianca

Fue secuestrada por su propia seguridad…
y seducida por placer…

SECUESTRO
POR AMOR

Andie Brock

El millonario Jaco Valentino se enfureció cuando Leah McDonald lo abandonó. Pero, en cuanto descubrió que Leah había dado a luz a su heredero, tomó la férrea decisión de protegerlos de su criminal familia de adopción. Para ello, Jaco secuestró a Leah y a su hijo y los recluyó en su remota isla siciliana… Sin embargo, pronto descubrió que la llama de pasión que seguía viva entre Leah y él era infinitamente más peligrosa que cualquier otra amenaza.

Acepte 2 de nuestras mejores novelas de amor GRATIS

¡Y reciba un regalo sorpresa!

Oferta especial de tiempo limitado

Rellene el cupón y envíelo a
Harlequin Reader Service®
3010 Walden Ave.
P.O. Box 1867
Buffalo, N.Y. 14240-1867

¡Sí! Por favor, envíenme 2 novelas de amor de Harlequin (1 Bianca® y 1 Deseo®) gratis, más el regalo sorpresa. Luego remítanme 4 novelas nuevas todos los meses, las cuales recibiré mucho antes de que aparezcan en librerías, y factúrenme al bajo precio de $3,24 cada una, más $0,25 por envío e impuesto de ventas, si corresponde*. Este es el precio total, y es un ahorro de casi el 20% sobre el precio de portada. !Una oferta excelente! Entiendo que el hecho de aceptar estos libros y el regalo no me obliga en forma alguna a la compra de libros adicionales. Y también que puedo devolver cualquier envío y cancelar en cualquier momento. Aún si decido no comprar ningún otro libro de Harlequin, los 2 libros gratis y el regalo sorpresa son míos para siempre.

416 LBN DU7N

Nombre y apellido	(Por favor, letra de molde)
Dirección	Apartamento No.
Ciudad	Estado · Zona postal

Esta oferta se limita a un pedido por hogar y no está disponible para los subscriptores actuales de Deseo® y Bianca®.
*Los términos y precios quedan sujetos a cambios sin aviso previo.
Impuestos de ventas aplican en N.Y.

SPN-03 ©2003 Harlequin Enterprises Limited

DESEO

Nunca se imaginó que su mayor rival la esperara vestido de novio en el altar

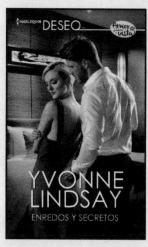

Enredos y secretos

YVONNE LINDSAY

Las instrucciones de la agencia de contactos fueron: solo tienes que presentarte a la boda. Yo te proporcionaré el novio.

Un matrimonio concertado era la única manera que Yasmin Carter tenía de salvar su empresa familiar de la bancarrota. Sin embargo, el guapo novio que la esperaba en el altar no era un desconocido para ella. Era Ilya Horvath y, desgraciadamente, era su rival en los negocios.

El carismático empresario decidió ganarse a su reacia esposa con toda la pasión posible… hasta que una escandalosa red de secretos amenazó con separarlos para siempre.

Bianca

Ella sería su esposa… pero ¿a qué precio?

ESPOSA DE PAPEL

Tara Pammi

El multimillonario Dante Vittori había pasado años labrándose una reputación impecable, cosa nada sencilla después de la encarcelación de su padre, pero su puesto corría peligro y, para hacer frente a la amenaza, tenía que hacer lo impensable: ¡casarse!

La heredera Alisha Matta era un alma libre, capaz de cualquier cosa con tal de salvar la fundación de su madre, aunque fuese casarse con el hombre al que odiaba.

Lo que no esperaba ninguno de los dos era que hubiese tanta pasión entre ambos. De repente, su matrimonio valía mucho más de lo que habían imaginado…

AUG 1 9 2019